가지
꽃

박찬숙
장편소설

가지꽃

글보다 말이 익숙한 세월이 길었다.

생각 한 대로 살지 않으면 사는 대로 생각하게 된다,

의식과 무의식은 톱니바퀴처럼 맞물려 있다

차가운 게 얼음뿐일까

뜨거웠던 마음이 식으면 그 열기는 어디로 가나.

알몸으로 눈 위에 서 있는 아픔은 부끄러움보다 지독한 외로움
이다.

살아온 세월만큼 단단하게 뭉쳐진 돌 속에 어떤 얼굴을 가두고
살고 있나

돌 속에 숨어있는 얼굴은 누구의 얼굴일까

나는 왜 그 얼굴을 꺼내려 하는가

끝은 언제나 내 얼굴, 내 어머니 얼굴, 먼저 살다 간 여자들의
얼굴이다.

2001년 12월 서울시에서 주최한 서울여성사진전에서 '20세기, 한국여성이 최초로 도전한 직업전시회'가 경희궁 서울 박물관에서 있었다. 최초의 비행사, 의사, 바둑기사, 변호사, 화가, 장관, 영화감독, 건축가, 신문기자, 앵커 등 20여 명의 최초 여성 직업인 전시회였다. 그런 직업을 여성이 처음 갖게 된 것이 20세기에 기념할만한 일이라는 것이었다. 20세기에 여성에게 있었던 놀라운 일이라는 뜻이었다. 또한, 남성 중심사회가 굳건한 나라에서 그만한 틈이라도 벌리고 싹을 틔웠다는 의미였다.

1998년에 출간된 소설의 머리말에 아래와 같이 썼다. 아마도 이 소설이 그 대답이 아닌가 생각한다.

"세상에 대해서 늘 궁금하다. 사람들에 대해서 많이 알고 싶다.

소설은 세상에 대한, 사람들에 대한, 여성에 대한 내 방식의 사랑이다. 살아오면서 갖게 된 나의 상처와 고통을 위로받고 치유받고 싶다. 그러다 보면 작품으로서도 조금은 향기가 있는 소설을 이 다음에 아주 먼 이 다음에 쓸 수 있을지 모르겠다."

흔들리는 나라의 운명에 따라 사람들의 운명도 흔들린다.
격랑 속에서 미래는 창조되고, 부딪치면서 소환된 과거는 반성 없이 과거일 뿐이다.

차 례

작가의 말

만남

사랑채 부엌에서 쇠죽을 쑤던 정 씨가 급히 안방으로 들어갔다. 작두로 썰어 놓았던 짚에 콩을 넣어 구수하게 쑤던 쇠죽 냄새에 외양간에 묶여 있던 암소 한 마리와 황소가 음매 소리를 냈다.

"웬만하면 쇠죽을 퍼 주고 들어갈 텐데 무슨 일이 있나?"

정 씨가 지게 작대기보다 더 긴 나무 주걱을 쇠죽솥에 그냥 꽂아 놓은 채 안방으로 급히 들어가는 모습이 심상치 않았다. 김종구는 아침녘에 서당친구 박승기와 신작로 화훼나무 아래서 만나기로 해서 길 떠날 차비를 하는 참이었다. 경성 탑골공원에 오시까지 50리 길을 걸어가야 해 서두르고 있었다.

산달이 한 달이나 남았으니 배가 아픈 게 애가 나오려는 조짐은 아닐 거라고 정 씨는 생각했다. 딸 아이 금자는 제 날짜를 보름이나 넘겨서 낳았으니 둘째인 이 아이도 그렇지 않을까 생각했다. 그런데 고쟁이에 이슬이 보였다. 서서히 진통이 몰려왔다. 고통의 간격이 뜸했다 다시 치댔다 반복되며 다그쳤다. 몸통을 비틀며 진통을 건디던 정 씨는 딸아이 금자를 낳을 때 어땠는지 전혀 생각나지 않았다. 그 진통을 기억한다면 다시 애기를 못 낳을 거라는 우물가 여자들의 수다가 떠올랐다. 이를 악물고 견디고 견뎠다. 애기가 문을 열고 나오려면 숨이 끊어지는 고통이 있어야 하는 건 기억했다.

김종구는 아랫집에 사는 막냇동생 김종기네에 가서 제수 옥천댁을 불렀다. 금자보다 두 살 아래인 딸 영자를 두고 있는 제수는 아이를 갖고 싶어 했으나 손이 귀한 집이라 그런지 좀처럼 태기가 없어 걱정을 하고 있었다.

"형님, 아직 아니시잖아요."

"이슬이 보였어. 아직 심하게 아프지는 않은데 아무래도 빨리 나오려나 봐. 금자는 산달을 보름이나 지나쳐 나오더니 웬일인가 모르겠네."

김종구는 화훼나무 아래서 기다릴 박승기에게 서둘러 갔다. 처가 산기가 있어 경성까지 가기는 힘들다는 말을 어렵게 꺼냈다.

"애는 혼자 낳지 자네가 있다고 대신 낳는 것도 아니고, 이참에 일본 놈들한테 뽄때를 보여 줘야지."

"난 어렵겠네. 자네 다녀오게."

"이완용이 들여보낸 나인 둘이 식혜를 먹고 피 토하고 죽었다는데 황제께서도 그 식혜를 드시고 새벽에 돌아가셨으니 분명 독살이야. 조선 백성 모조리 머슴으로 끌어갈 거야. 오늘 크게 만세 불러야 서양 사람들이 알고 도와주지. 갑시다."

"힘들겠네. 조심해서 다녀오게. 미안하이. 아무래도 아이가 나오면 미역국이라도……."

"늦둥이 양 귀인이 난 아기씨 재롱에 그나마 소일 하시는데 그 아기씨를 일본으로 데려가려고 별 수작을 다했잖아. 8살짜리 아기씨를 벌써 정혼한 것도 일본 놈들 수작을 막으려고 했을 텐데 이제 이것도 다 틀렸어. 오시까지 탑골공원까지 가려면 서둘러야지."

김종구는 박승기의 말이 다 맞는 걸 안다. 그래도 김종구는 박승기처럼 씩씩하게 나서지 못했다. 조선총독부 국장 사위인 아래 동생 종만이 마음에 걸렸다. 어려서 한동네 살면서 박승기하고 죽이 맞는 건 김종구보다 동생 종만이었다.

선친이 100여 마지기 논농사와 선산, 목화밭, 감자밭을 맏이 김종구에게 물려줬다. 장손은 선산을 지키고 조상 제사 모시려면 농사가 있어야 한다고 선친은 말했다. 씩씩한 둘째 종만에게는 논 20마지기와 경성 유학을 보내줬다. 언변이 뛰어나고 친구를 몰고 다니는 종만이 일본 유학을 가겠다고 고집부리는 걸 경성으로 가라앉혔다.

순하기만 한 막내 종기는 상급학교 진학에 관심이 없었다. 큰형과 이웃하고 사니 30여 마지기 논을 주고 밭농사도 물려주었다. 장남 종구가 막내를 잘 보살피라는 아버지의 부탁이었다. 일찍 분재를 한 삼형제의 아버지는 50 전에 돌아가셨다.

종만은 경성고보에 가서는 같은 반 친구 총독부 고위국장 아들 태경과 어울리더니 그 동생 애경이와 연애가 돼서 결혼했다. 대학 진학 후에 결혼했지만 애기가 생기지 않아 애타게 기다리는 중이다. 젊은 나이니 걱정할 일이 아니었지만 애경은 그렇지 않았다. 애경은 잘난 남편을 누가 채가지 않을까 자식이 없으니 걱정이 태산이었다.

"자네 종만이가 마음에 걸려서 그러지. 하긴 그 위세가 얼마나 쎈지 저 아래 마을 김진사댁 아들을 무슨 곡식 걷어가는 관청에 턱하니 취직을 시켰잖나. 알겠네. 내 혼자 가서 자네 몫까지 만세 부르고 옴세."

김종구는 진통중인 아내 정 씨가 그렇게 걱정되지는 않았다. 좀 빨리 낳을 수도 있지. 칠삭둥이도 아닌데. 또 아랫집 사는 제수가 와서 지키고 있고 더 급하면 옆집 영철 엄마도 도움이 될 테니까.

태극기를 두루마기 속 바지춤에 숨겨 간 박승기가 탑골공원까지 잘 가고 있을까 헌병에게 잡히진 않았을까 걱정이 밀려왔다. 약속을 깬 것이 영 찜찜했다. 처가 아이 낳을 것 같아 못 가겠다는 건 핑계가 아니었을까. 일본 순사들이 휘두르는 칼에 다칠 수도 있고 잡혀서 감옥소 갈 수도 있어 무서워서 피한 걸 소심한 김종구는 스스로 안다. 동생 종만이 자리도 걱정이라 빠지고 싶었다. 용기 없는 자신이 싫었다.

김종구는 집으로 가던 길을 돌려 다시 읍내 고깃간에 들러 쇠고기 한칼을 끊었다. 탑골공원에서 박승기가 돌아올 때까지 아기가 태어나지 않으면 가기 싫어 못 간다고 한 속마음을 들키게 되는 것 같아서 빨리 아기가 나오기를 바라며 소고기를 들고 집으로 향했다.

박승기는 그날 밤늦게 돌아왔다. 탑골공원에는 흰 두루마기 입은 사람들이, 짚신 신은 사람들이, 버선에 고무신을 신은 사람들이 넘쳐났다. 근처 태화관에서 민족 대표들이 독립 선언서를 낭독했다고 공원으로 전갈이 왔다.

어떤 학생이 독립선언서를 낭독했다. 모두 태극기를 들고 만세를 외쳤다. 누군가 건네주는 태극기와 두루마기 속에서 꺼낸 태극기를 양손에 들고 외쳤다.

"대한독립만세!"

울음이 나왔다. 박승기는 멈추지 않는 울음에 목소리를 높였다.

"대한독립만세!"

일본 순경들이, 헌병들이 무자비하게 칼을 휘두르며 해산시키려 악다구니를 해댔다. 전혀 예상하지 못한 게 분명했다. 조선 사람은 고분고분한 순한 사람들이라고 생각했던 일본 순경들은 이리 뛰고 저리 뛰고 난리였다. 당황한 일본 헌병들은 호루라기를 불고 칼을 휘두르다 칼로 사람들을 베려 덤벼 들었다.

기미년 1월 21일 새벽 함녕전에서 승하하신 고종 황제는, 독약 탄 식혜를 드서 독살 당했다는 소문에 민심은 폭발했다. 고종의 시신을 염할 때 팔다리가 엄청 부어 있었고 치아가 빠져 있었다고 전해졌다.

"감옥이지 다른 게 감옥이야. 구중궁궐에 가둬놓고 황제를…… 복녕당 양 씨가 난 귀여운 아기씨 재롱 벗 삼아 지내시는데 일본 놈들이 일본에 빼돌려 결혼시키려……."

"그러니까 임금께서 김황진의 조카하고 정혼하신 거지. 일찌감치 김장한과 혼인을 시키려고 여덟 살 어린 아기씨를……."

"일본 놈들 악랄하기가 야차 같은 놈들!"

한쪽에 얼굴이 두부처럼 하얀 사람이 수첩에 계속 적고 있는 게 보였다. 그 사람은 바삐 움직였다. 분명 조선 사람은 아니었다. 기자 같았다. 제발 있는 그대로 써서 일본 놈들이 우리 대한 사람에게 어떻게 하는지 우리 대한 사람들이 열렬하게 독립을 외치는 걸 다른 나라에 알려 달라고 그 사람을 향해 손짓 발짓을 했다.

입에다 두 손을 모아 나팔 모양을 만들어 아아 소리를 냈다. 일본 헌병을 가리키며 군화발로 짓밟는 시늉을 했다. 땅이 파이도록 있는 힘을 다해 .

저쪽에서 만세를 부르는 수많은 사람들을 흩어 놓으려 칼을 휘두르던 일본 순경이 박승기와 외국인을 보자 달려왔다.

기자로 보이는 그 사람은 고개를 끄덕이고 무어라 말하며 더 많은 사람들 속으로 뛰어갔다. 박승기는 그 말이 알았다는 표시라고 생각했다. 멀어지는 그 사람을 향해 박승기는 나팔 모양의 손을 입에 대고 계속 소리를 질렀다. 여기저기 칼을 맞고 쓰러진 사람들, 갈고리에 어깨가 찍혀 피가 흐르는 사람들……. 흰옷에 튀는 붉은 피는 만세 소리를 더 격렬하게 할 뿐이었다.

　박승기 집 대문 앞에 벼 한 가마니를 부린 김종구는 그렇다고 미안함이 가시는 건 아니었다. 마음 약한 자신을 향한 빚 갚음이었다.

　밤 10시가 지나도 아이는 나오지 않았다. 옥천댁도 지치고 미역국을 끓이고 있는 옆집 영철 엄마도 하품이 시작되었다. 자정을 넘기고 으아앙 조심스러운 울음이 들렸다. 딸인가 보다, 느낌이 왔다. 안방에서는 기별이 없었다. 잠시 후 왕 왕 우렁찬 애기의 울음이 터져 나왔다. 아까 태어난 아기가 이제 크게 우는가 보다, 마음을 놓고 서성이는데 제수 옥천댁이 사랑방 문고리를 잡고 흔들었다.

　"아주버님, 쌍둥이 아드님 보셨습니다."

　손이 귀한 집에 무슨 복일까 웃음이 비어져 나왔다. 한편으로는 쌍둥이가 행운을 앗아간다는 어른들의 말씀이 떠오르기도 했다. 김종구는 지쳐있을 아내 정 씨가 수습이 되면 안방으로 건너가 애기들을 봐야겠다고 생각하며 횃대에 걸어 놓은 새 두루마기를 입었다.

　형 호섭은 동생 준섭보다 작았다. 쌍둥이가 세 살 됐을 때 마마가 돌았다. 무서운 역병이라 어서 가라고 상감마마로 부른 마마는 호섭의 얼굴에 상흔을 남겼다. 긁고 난 자리가 옴팍옴팍 파여 곰보가 되고 말았다. 호섭은 천연두를 이기지 못했다.

　큰아들 호섭을 잃은 정 씨는 슬픔을 가누기도 전에 아들이 준섭 하나뿐이라는 불안이 몰려왔다. 금자가 일곱 살, 준섭이 네 살 됐을 때 다행히 정 씨는 다시 아들을 낳았다. 아들이라 좋아 할 새도 없이 정 씨는 산후가 좋지 않아서 자리를 털고 일어나지 못했다.

　갑자기 아이들 셋을 남기고 떠난 정 씨의 자리는 황량한 들판 같았다. 제수 옥천댁이 살림을 봐준다 해도 제 자식 영자를 키우며 제 살림하며 어려운 일이었다. 일곱 살짜리 금자가 막내 영섭을 업어 주며 작은엄마 옥천댁을 도왔다. 김종구는 정 씨가 세상을 뜬 지 3년이 되던 해 옥천댁이 중신하는 딸 하나 있는 남양댁을 재취로 맞았다.

남편을 전염병에 잃고 졸지에 과부가 된 남양댁은 늘 서글 픈 얼굴이었다. 참나무처럼 단단하던 남자가 유행병으로 자 리에 누운 지 달포 만에 죽자 정신이 반쯤 나간 상태였다. 먹 고사는 게 어려워 전실 자식 셋 있는 자리에 재취로 들어왔 으나 마음은 먼저 간 순례 아버지를 떠나지지 않았다. 3년 상 을 치르고 스물다섯에 재취로 들어온 남양댁은 늘 고개 숙이 고 일만 하는 부엌이 편했다. 그래도 김종구는 제수가 차려 주는 밥상보다 후처가 차려주는 밥상이 편했다.

100여 마지기 농사는 일꾼들을 써도 쉽지 않았다. 막걸리 를 미리 담가놓고 인절미는 윗집에서, 감주 한동이는 옆집에 서, 일만 품앗이가 아니고 동네잔치로 추수를 했다.

가을 추수 날은 김종구가 일 년을 기다리는 날이다. 얌전 한 김종구도 추수 날 만큼은 도량이 큰 장부가 됐다. 풍년이 들었던 해에 잡던 돼지를 풍년이든 흉년이든 해마다 벼 베는 날 잡는 걸로 어느덧 약속처럼 돼 있었다.

일꾼들이 부잣집에서 고기 한 점 안 내놓으면 우리 같은 가난뱅이는 목에 기름칠은 언제 하느냐고 노골적으로 투덜 거리는 걸 들은 후 김종구네 추수 날은 동네 잔칫날이었다. 준섭 엄마 정 씨가 죽은 그 해만 쉬었고 그 다음해부터 추수

잔치는 이어졌다.

남양댁이 재취로 들어온 후도 계속 이어져 왔지만 안주인 자리가 내키지 않는 듯한 남양댁은 부엌에서 혼자 밥을 먹었다. 마당으로 나오라 해도 부엌에서 반찬 만들고 국 퍼서 내가야 되니 여기서 해결하겠다고 했다. 권하던 사람들도 몇 번 거절하니 그렇게 하는 게 편하다는데 굳이 더 권할 필요가 없겠다 생각했다. 오히려 남양댁을 귀찮게 하는 거로 생각하기 시작했다. 순례만 아이들과 어울리고 싶어 마당을 빙빙 돌다 간신히 끼고는 했다.

재취로 들어온 남양댁은 일만 했다. 늘 양미간을 찌푸린 채 부엌을 떠나지 않는 남양댁의 행주치마엔 물 마를 날이 없었다. 전실 자식에 대해 특별히 잘하려고 하지 않았다. 자기 자식인 순례한테도 마찬가지였다. 금자가 영섭을 업어 키우다시피 하고 작은엄마 옥천댁이 영자를 키우며 들여다보는 사이 준섭은 스스로 컸다.

벼 벤 논 위에 멍석을 깔고 멍석 위에 탈곡기를 놓고 벼를 털었다. 벼를 가마니에 넣은 뒤 볏단을 묶어 논에 세워놓고 낫가리를 만들어 씌우는 일은 마치 논 한가운데 작은 초가집을 지어 놓은 듯이 보였다. 몇 개의 낫가리를 만들면 들일은 거의 다 마무리다.

추수를 끝내면 지붕에 새 옷을 입혀야 한다. 김종구는 이 엉을 엮을 볏단을 고르고 일꾼들 품삯을 주고 우선 먹을 벼를 정미소에 보내는 일 등 찬찬한 농사일이 즐거웠다. 광에 가득 벼 가마를 쌓아놓고 자물통을 잠그고 돌아설 때 자식을 얻은 듯 흐뭇했다.

정미소에서 찧은 햅쌀 다섯 가마를 박승기에게 보냈다. 팔겠다는 논이 나왔다 하면 박승기의 논이었다. 인근에서는 박승기가 돈을 마련해 어디론가로 보내는 눈치라는 말이 돌았다.

시골에서 소학교를 졸업하고 중학교는 경성에서 다니는 걸 준섭도 영섭도 원했다. 집을 떠나고 싶어 하는 형제를 경성으로 보내면서 어미가 없으니 그럴 거라고 김종구는 이해했다. 형제를 아래 동생 종만네로 보내며 광에 쌓아놓은 벼 세 가마를 꺼내 정미소에서 햅쌀로 빻아 함께 보냈다. 자식이 없는 애경은 조카들이 와 있으면 남편이 다른 생각을 안 할 거라 마음이 놓였다. 애경은 김종만이 틀거지가 크고 시원한 목소리에 반하지 않을 여자가 없을 거라 생각해 늘 걱정이었다.

금자는 열아홉이 됐을 때 지곡리로 시집갔다. 양반이고 착한 이 서방은 순하기는 한데 게을렀다. 만사태평 이 서방은 농사일보다 술을 너무 마셔 금자의 속을 태웠다. 술은 입에도 대지 않는 아버지 김종구만 보다가 낯선 일이었다.

시집간 다음해 어머니 정 씨 제사에 남편, 이 서방과 함께 다녀온 후 아들만 내리 다섯을 낳고 사느라고 친정에 못 갔다. 이번 어머니 제사에는 꼭 가야겠다고 마음먹었다. 아직 선도 한번 안 본 준섭을 만나서 선을 보자고 말해 볼 작정이었다.

치마허리에서 거침없이 젖가슴을 꺼내 칭얼대는 다섯 달 된 아들에게 물리며 금자가 계속 말을 쏟아 냈다. 자정 넘어 어머니 제사를 끝내고 제사음식으로 상을 차려 둘러앉은 자리였다.

"아버지 3년 상 치르느라 아직 정혼을 안 해서 그렇지, 인근에서 딸 달라는 집이 얼마나 많은지 모른다."

시집간 지 8년 만에 어머니 제사에 와서 금자가 준섭에게 건넨 말은 색싯감이 훌륭하다는 것이었다. 김종구가 거들었다.

"어미가 살아 있었으면 벌써 혼담이 오갔을 텐데."

금자는 제 자식 제 살림 하느라 어머니 맞잡이 누이 노릇을 여태 못한 거에 대한 미안함을 좋은 색싯감을 알아보다 이제야 찾아냈다는 듯 의기양양해서 재촉하고 나섰다.

"형수가 생기면 나야 좋지. 밥 해 주고 빨래 해 주고."

경성에서 같이 사는 영섭이 거들었다.

"지곡리 조카님이 좋으시다니, 인연은 따로 있죠. 나도 조카며느리를 보고 싶네요."

옥천댁이 말을 얹었다.

"공장을 며칠씩 비울 수 없을 테니 경성 올라가 공장 단도리 잘하고 색싯감 보러 지곡리에 다녀가."

금자가 재촉했다.

"내가 작년 가을 깨 털러 윗말에 품앗이 갔을 때 색싯감을 봤지 않니. 다시 한 번 보고 싶어 색싯집 옆집 온양댁 감자 캐는 날도 갔단다. 들일 할 때도 보고 추수 때도 봤지. 온양댁이 함초롬이 제비 같은 모습이라고 나에게 자랑하더라고. 지 딸도 아니면서. 하긴 온양댁 아이들은 어리지. 내가 보니까 제비가 아니고 제비꽃이더라구."

금자 누이가 이렇게 말이 많았나? 시집가서 애 다섯 낳고 살면서 말문이 열렸나보다. 준섭은 오랜만에 보는 누이의 수다가 싫지는 않았다.

준섭은 혼인할 생각을 깊이 해 본적이 없었는데 누이가 재촉하니 결혼을 하긴 해야지 하는 쪽으로 마음이 급하게 바뀌었다. 결혼보다 방직기계 한 대를 더 들여놓을 계획을 세우고 칠복이 형제랑 의논하던 중이었다. 결혼은 공장이 더 자리 잡은 다음 일이라고 생각했었다.

칠복이 형제는 고아나 마찬가지였다. 속초에서 고기잡이하던 아버지가 풍랑을 만나 바다에서 돌아오지 못하자 몇 년 후 어머니는 배를 갖고 있는 선주 마 씨에게 시집갔다. 형제의 큰아버지 공병태는 공 씨 자식을 마 씨네로 보낼 수 없다고 형제를 광희동 자기 집으로 데려왔다.

큰아버지 공병태도 변변한 밥벌이가 없었다. 부엌 아궁이에 불이 잘 들지 않고 낼 때 구들과 굴뚝 청소를 해주고 받는 돈과 방 두 개 월세 놔서 나오는 돈으로 생계를 유지하는 형편이었다. 안방 하나에서 내외와 자식 셋까지 사는 처지에 조카 둘까지 더해져 방 하나에서 일곱 식구가 옴닥거린 지 3년이 지날 무렵 광희동에서 가까운 오장동 일본인 직조 공장에서 어린아이가 필요하다고 해서 조카들을 보냈다. 처음 1년은 월급이 없고 그 후 2년은 어른의 절반이지만 기술도 배우고 공장에서 숙식을 하며 밤에도 일하는 조건은 공병태가 찾던 바로 그런 일자리였다.

오래 일하던 방직공 송 씨가 폐병에 걸려 고향으로 내려가게 돼서 어린 시절부터 일을 배워 오래 있을 사람을 찾는 거였다. 너무 어린 아이들이라 꺼려졌지만 남아 있던 방직공 노총각 서 씨가 아이들을 가르쳐 보기로 했다. 직조기계 옆에 서서 북을 보내는 걸 먼저 시켜보았다. 여리고 작은 손이 재빠르게 움직여 비단을 짜는 데까지 오래 걸리지 않았다.

형제는 실이 오가며 짜이는 천이 신기했다. 장난하는 것처럼 재미있었다. 연 날리기 하는 하늘을 만드는 것처럼 보이기도 했다. 좋아서 신이 나서 하는 일은 형제를 달음질치게 했다. 큰아버지 집에서 눈칫밥 먹는 동안 빨래도 알아서 했다. 밥도 조금 먹으려 애썼다. 눈치가 아이들을 키웠다.

한 방에서 자는 서 씨는 방직만 가르치는 게 아니었다. 형제에게 글을 가르쳐 줬다. 심심해서 시작했는데 야학은 재미있었다. 일하는 낮부터 밤이 기다려졌다. 밤공부가 즐거웠다. 형제는 서 씨를 아저씨라며 따랐다. 몇 년 동안 야학은 형제를 자신 있는 사람으로 자라게 했다.

어느 날 글씨 연습한 종이를 우연히 본 일본인 사장이 큰 소리로 화를 냈다.

"조선 글을 왜 가르쳐! 일본 글을 가르쳐야지! 대일본제국의 신민이 조선 글을 왜 배우는가!"

평소엔 별반 잔소리하지 않고 조용하던 사람이 얼굴을 붉히며 소리 질렀다.

숙련된 기술자인 노총각 서 씨는 노모가 계시는 서산으로 가서 장가도 가고 농사를 짓겠다고 떠났다. 형제는 받은 월급을 꼬깃꼬깃 모아서 양말에 넣어 옷 보따리에 넣어 놨었는데 그날 처음으로 돈을 꺼냈다. 칠복은 서 씨가 고향으로 가는 날 젖 떨어진 아이처럼 울음이 나왔다. 구겨진 종이돈 몇 장을 서 씨 손에 쥐어 주며 장가갈 때 쓰라고 했다.

일본인 사장은 조선에 더 있고 싶지 않았다. 인수받은 조선식산은행을 찾아갔다. 공장을 다시 은행에 넘기겠다고 신청하고 돌아왔다.

준섭은 상고 졸업 후 대학 진학은 생각하지 않았다. 그렇다고 고향 가서 농사 짓는 일은 더 나이 들어 하겠다고 생각했다. 상고에서 배운 부기 회계, 특히 자신이 잘하는 주산 실력을 써서 돈을 벌고 싶었다. 영섭이는 대학 다니고 자신은 장사하든지 운행에 취직하든지 할 생각이었다. 그런데 자리에 붙박이로 앉아 하는 일보다 돌아다니는 일이 좋았다.

고등학교 졸업을 두 달 앞두고 작은아버지 김종만이 오장동 일본식 집에 방직기계 두 대 놓고 비단 짜던 일본인이 본

국으로 돌아가면서 나온 집인데 해보라고 권했다. 어차피 돈 버는 일이면 작은아버지 김종만이 뜻을 비쳤을 때 받아들이는 게 맞다고 생각했다.

조선식산은행 중역인 김종만은 일본인들의 비위를 잘 맞추고 세상 돌아가는 낌새를 알아서 장인에게 은밀히 보고하면서 권세를 굳혀갔다. 방직공장 하나 간단히 처리하는 건 일도 아니었다. 아이도 없어 조카들이 싫지는 않았지만 애경이가 조카들 핑계로 건방져지는 건 아닌가 하는 생각이 퍼뜩 들던 차에 오장동 공장이 나온 걸 알게 됐다.

애가 없는 애경이는 준섭, 영섭 조카가 와 있는 게 남편 김종만에게 부담을 줌으로써 가정에 매어 놓는 효과가 있어서 싫지 않았다. 아이도 없는데 저렇게 잘난 김종만이 밖에서 아이라도 턱 하니 낳아오면 어떡하나 늘 걱정하고 있었다.

김종만은 기생집에 갈 기회도, 일본 친구들하고 총독부 고위직하고 마작하며 어울리는 기회가 많았다. 가는 곳마다 여자가 따르는 건 호탕하고 미소 짓는 시원한 얼굴이 매력적이기 때문이기도 했다. 친정아버지라는 든든한 배경에도 애경이가 불만 없이 조카 둘을 데리고 있어 주는 게 고맙긴 했다. 그걸 빙자해 애경이가 투정을 부린다든지 바가지를 긁으면 김종만 성격에 자식도 못 낳으면서 무슨 잔소리냐고 소리 질렀을 텐데 애경이는 조용히 살림을 했다. 애경이는 김종만이 청운동 집으로 친구들을 데리고 와서 마작을 하면 요리를 시켜주며 밤새 놀도록 했다. 시끌벅적하니 고성이 오가고 하는 방 앞에서 종만의 소리를 들으며 제일 근사한 남자가 남편이라는 자부심이 컸다. 편하게 놀고 마시고 늦으면 자고 갈 수도 있게 방을 정리해뒀다.

오장동 방직공장으로 형제가 이사를 가니 집은 휑하니 빈집 같았다. 김종만은 자식이 없다는 걸 더 깊이 인식하게 됐다.

준섭이 공장을 인수할 즈음 칠복 형제는 숙련된 기술자들이 되어 있었다. 주인이 바뀌자 칠복이는 새로운 직공을 구하면 어떡하나 내심 걱정하고 있었다. 숙련된 직공들은 어두운 얼굴로 준섭을 만났다. 형제는 동생 만복이 키가 조금 더 컸다.

"난 직조 기술은 잘 모르니 형제가 잘 알아서 하고 물건 구할 거는 언제나 말해줘. 일이 많아지면 직공을 더 구해볼게. 지금은 그냥 이렇게 시작하자. 나는 지금 파는 데 말고 다른 판로를 알아보고 염색에 필요한 염료들을 좀 더 싸게 구입하는 구입처를 알아보는 일에 집중할 테니 지금처럼 곱게 잘 짜줘."

준섭의 말에 칠복은 마음이 놓였다. 눈치 보이는 큰아버지 집으로 다시 가기는 싫었다. 시원하게 답을 내놓는 준섭에게 믿음이 갔다.

"나이는 형보다 조금 위인가 본데, 아주 나이 많은 형 같네. 공부를 많이 해서 그런가?"

동생 만복이가 말했다. 만복이는 오른쪽 눈이 불편했다. 눈꺼풀이 반은 내려와 눈을 덮고 있었다. 보는 데는 문제가 없었지만 고개를 젖혀 보는 버릇이 생겼다. 속초에 살 때 애꾸눈이라고 친구들이 놀려서 싸운 적이 한두 번이 아니었다.

"밥은 번갈아 가면서 해서 먹자."

"아뇨. 우리가 할게요. 만복이가 찌개를 잘 끓여요."

칠복이 말하니 동생 만복이는 형은 밥을 잘한다고 거들었다. 그렇게 오장동 공장을 맡아 형제와 일한 지 3년쯤 됐다.

준섭은 금자 누이의 말대로 경성 공장에 들러 지곡리 누이집에 다녀온다고 말했다.

"맞선 보러 가세요?"

눈치 빠른 칠복이가 물었다. 어머니 제사라 고향에 이틀 동안 다녀오자마자 누나네 지곡리를 갔다 온다니 감이 왔다. 양복 두 벌 중에 좀 새것을 꺼내 입고 구두를 닦고 나서는 걸 보고 하는 말이었다.

"여기 있는 다 된 비단 필은 시장에 내가고 나간 김에 염료 떨어진 거 있나 알아봐 줘."

쑥스러운 걸 감추며 길을 나섰다.

경성에서 기차를 타고 수원역에서 내렸다. 김량장 가는 버스는 하루 두 번 있었다. 오후 버스를 타고 30여 분 달리다 지곡리 들어가는 신갈 정거장에서 내렸다. 내린 사람은 준섭한 사람이었다. 내리자마자 나이 든 아주머니와 머리를 길게 땋아 늘어트린 아가씨가 뒤뚱거리며 탔다. 버스는 불에 덴 듯 김량을 향해서 내달렸다.

지곡리 들어가는 두 길 중 하나를 골라야 된다는 금자 누이 말이 생각났다. 눈앞에 버티고 서 있는 험한 산을 올려다봤다. 방골고개가 아니고 방골산이다. 땅속 얼음이 녹아 나무의 속살을 깨웠나 보다. 산은 연두색으로 흔들리는 미나리밭으로 보였다.

'또 다른 길은 이 방골산을 끼고 오른 쪽으로 돌아가면 넓은 논밭이 나오는데 그 길을 따라 걷다 보면 작은 산이 나온다. 언덕 같은 산 고개엔 성황당이 있다. 성황당 앞에 쌓여 있는 돌무덤에 돌 세 개를 던지고 침을 세 번 퉤퉤 뱉어. 악귀가 물러가고 좋은 일만 생기라고 어른들이 고개 넘을 때마다 하시는 거야. 방골산보다 시간은 배로 더 걸리지만 힘들지 않고 계속 걷다보면 장승이 보이고 조금 더 걸으면 우리 집 아랫말이다.'

금자 누이는 성황당 길이 더 낫다고 말했던 것 같다. 누이 시집 갈 때 작은아버지 김종기를 따라갔던 길이 그 길이라는 게 희미하게 떠오른다. 걷고, 걷고 또 걸었었다. 엄마 같던 누이가 시집가는 게 서러웠었다.

가보지 않은 길인 방골산을 넘기로 했다. 거친 산속, 회색 땅은 물이 올라 검은색으로 물러 보였다. 봄이다.

오른쪽으로는 참느릅나무, 산벗나무, 굴참나무, 화훼나무가 손잡고 서있는 학교 친구처럼 가득했다. 준섭의 키를 훌쩍 넘긴 나무들은 왼편으로도 그득했다.

개옻나무가 몇 그루 서 있었다. 그 가운데 가을되면 빨간 열매를 꽃처럼 피워 올리는 산사나무 10여 그루가 하늘을 가리고 있었다. 옆으로 때죽나무도 보였다. 키를 낮추어 조팝나무, 애기나리, 원추리도 가득했다. 맥문동, 백리향도 친구로 같이 있었다. 인동 덩굴이 키 큰 소나무를 타고 올라가는 걸 올려다보고 있었다. 다듬어진 근육을 자랑하는 회백색 말채나무가 씩씩하게 몸매를 뽐내고 있었다.

같은 나무, 같은 잎이 하나도 없이 수백 수천의 나뭇잎이 모양이 조금씩 다르고 색도 조금씩 다르고 크기도 다 다르지만 가지들이 엇갈려 각기 방향을 가리키고 나무들이라는 하나의 가족을 만들고 있었다. 햇빛을 서로 주고받아 나무를 키우고 산이라는 가문을 만들고 있었다.

고향 산에서 보던 나무들이 이 산 곳곳에 박혀 있는 걸 보고 준섭은 다정한 기운을 느꼈다. 색싯감도 이 나무들을 보고 태어나 자랐으니 편안하고 마음이 고울 것 같았다.

준섭은 방골산 꼭대기 바위에 앉아 땀을 식혔다. 사월의 바람은 산속 나무를 흔들어 산의 향내를 준섭의 옷 속으로 넣어주었다. 갈 길이 아득했다. 내리막길도 나무가 빽빽해 길은 보이지 않았다. 내려가는 산에는 소나무가 많았다. 소나무 향이 짙은 송홧가루가 노릇하게 떨어져 날렸다. 길을 내면서 나무와 인사하며 가야 할 것 같다. 융단처럼 푸르른 산에 띄엄띄엄 함박눈이 남아 있는 듯 박혀 있었다. 저 흰무늬가 무엇인가 내려가면서 봐야겠다.

소나무 숲 가운데 돌배나무가 흰 꽃으로 치장을 하고 한복 입은 새색시처럼 있었다. 돌배나무가 저렇게 큰 것도 있나. 준섭은 고향에서 돌배나무를 본 적이 없었다. 돌배나무가 주는 선선한 아름다움은 준섭을 흔들었다. 이렇게 크고 잘생긴 돌배나무는 처음이었다. 시원하게 자란 나무는 배꽃 같은 흰 꽃을 다발로 피워내 가지마다 꽃다발을 이고 아름다운 자태를 보여줬다. 산속에서 불어오는 바람이 꽃잎을 흔들었다. 그 모습도 좋았다.

내려가는 길은 험하고 급했다. 뛰듯이 앞으로 급히 달려가다 말채나무를 잡고 멈추었을 때 숲속에서 푸드덕 놀란 장끼 까투리 한 쌍이 날아올랐다. 알을 낳으려고 자리를 잡았을 텐데 미안했다. 장끼는 그 날개를 펴 꽤 날아갔지만 까투리는 눈에 보이는 곳에 내려앉았다. 준섭은 빨리 자리를 비켜줘야겠다고 생각했다.

숨차게 미끄러져 산 끝자락에서 엉덩방아를 찧으며 개울가에 간신히 멈춰 섰다. 강 같은 큰 냇물은 방골산을 물고 있었다. 물 많은 내는 강 같은 너른 개울이었다. 바위가 띄엄띄엄 박혀 있었다. 바위에 양복저고리를 벗어 놓고 세수를 했다. 물 묻힌 손으로 머리를 쓸어 넘겼다. 숱 많은 짧은 머리는 뒤로 넘겨지지 않았다. 머리를 좀 길러야겠다고 생각했다.

두 손으로 개울물을 뜨면서 들여다 본 물속에는 예쁜 자갈들이 도란도란 얘기하며 모여 있었다. 준섭은 맷돌 같은 징검다리를 딛고 내를 건넜다. 물이 청록색으로 보이는 징검다리에서는 깊은 물이라 조심했다.

아마 오리는 더 가야 지곡리 윗말에 닿을 거다. 십사여 년 전 금자 누이 시집 갈 때, 이 길로 가지는 않았지만 큰 산을 넘으니 알 것 같았다. 지곡리는 변한 게 없었다.

자신은 경성사람이 되고 졸업식에는 못 갔지만 상고를 졸업하고 방직공장을 맡아 운영하고 있다. 밥벌이를 하는 게 좋았다. 장가 갈 때가 됐다고 정리가 됐다. 어른이 되었다. 색시를 얻어 아들 낳고 살림을 차릴 수 있다.

잠시 쉬었다 걷는 걸음은 빨랐다. 좁아진 개울 길을 걷다 산 쪽으로 난 길을 걸었다. 옻나무가 있어 비켜 가며 걸었다. 밤나무가 많았고 굴참나무, 정향나무, 산사나무, 소나무가 자리 잡고 있었다. 다 준섭보다 키가 컸다. 뻐꾹나리, 애기나리, 원추리가 가득했다.

마을 들어가는 길목 밭 옆에 키 큰 느티나무가 보였다. 그 앞에는 익살스러운 표정의 두 장군이 마을을 드나드는 객을 검문하고 있었다. 천하대장군 지하여장군 우락부락 조각된 장승은 색칠 화장을 하고 있었다. 웃음기가 있는 얼굴, 해학이 어려 있었다.

가깝게 보여도 걷는 길은 가깝지 않았다. 개울가에는 버들강아지가 피어나고 있었다. 새봄 맞이하러 제일 먼저 몸단장

하고 냇가 얼음을 살짝 밀어내고 있었다. 개울가 얼음이 얇은 유리처럼 돌들을 싸안고 디딤돌은 큰형님 마냥 듬성듬성 건너는 길이 되어 있었다.

길은 산 중턱 십여 채의 초가집 마을길로 이어졌다. 그 중 흙벽에 돌을 넣어 야트막한 담을 만들고 그 위에 이엉을 엮어 덮은 집이 금자 누이 집이었다. 제일 큰 기와집 다음으로 널찍한 초가집이었다. 마을 뒷산은 밤나무 숲이었다.

금자는 점심으로 보리보다 쌀이 더 들어간 밥을 지었다. 보리 한 줌도 안 넣은 쌀밥은 조상 제사 때나 명절에나 하는 밥이다. 동생 준섭이가 수원읍에서 첫차를 탔을 테니 점심 전에는 도착 할 거라 생각했다.

대문 옆에 있는 닭장 문을 열고 따듯한 계란을 꺼냈다. 계란찜, 새우젓찌개, 김치로 상을 봤다. 남편 이 서방과 겸상을 해서 점심을 냈다. 이 서방은 막걸리를 마시고 밥을 먹기 시작했다.

"처남 막걸리 한 잔 하지. 선보러 가는 거 떨릴 텐데 막걸리 한 잔하면 용기가 생겨, 자자."

"매형 전 못해요. 아버지 닮아서. 내력이죠."

금자는 윗말 온양댁에게 점심 후에 가겠다고 말해 놨으니 옆집에 사는 색시 집에 전했을 거라고 준섭에게 말했다. 둘은 걸어가면서 계모 남양댁이 건강이 좋지 않아서 아버지 김종구가 힘들어 한다는 얘기를 나눴다.

온양댁 사랑방은 깨끗하게 걸레질이 돼 있었다. 은행잎 장판 색이 반들거렸다. 몸집이 오동통하고 바지런한 온양댁은 자신이 좋은 일을 한다는 생각에 신이 났다. 게다가 반월댁 남동생이 다부진 몸매에 얼굴 가운데 자리한 코가 큰 게 믿음직해 보였다.

옆집으로 가서 이순을 데리고 왔다. 뒤이어 어머니 최 씨가 궁금해서 따라왔지만 사랑방은 얼핏 봤을 뿐 들여다보지는 않았다. 돌아간 이순이 아버지가 양반 체통을 워낙 내세웠다. 체면이 있지 들여다 볼 순 없었다. 가기 전 인사할 때 찬찬히 보리라 마음먹었다.

이 지곡리로 시집오던 때가 떠올랐다. 착하고 순한 이 진사는 농사일엔 마음이 없고 책만 잡고 앉아 있었다. 최 씨는 농사일에 자식 다섯 낳아 키우느라 밥이 어느 입으로 들어가는지 모르게 살았다. 폐병에 걸린 지 2년 만에 죽은 남편을 원망할 새도 없이 다섯 남매 밥을 굶기지 않으려면 일을 할 수밖에 없었다.

큰딸을 데리고 농사를 짓고 부엌일을 하는 최 씨에게 이순은 믿는 일꾼이었다. 걸어서 시오리 거리의 소학교에 다니는 아들들은 아직 야물지 못했다. 이순을 시집보내면 농사며 살림이며 어떻게 건사할까 걱정이 들었다. 남편 3년 상 끝내자마자 처음 들어온 선 자리였다. 갓 스물을 넘기면 이쁜 맛이 사라질 수도 있어 혼처를 딱 잘라 거절하기도 어려웠다

최 씨는 온양댁 대청마루에 걸터앉았다. 마루는 검은 돌처럼 반들반들했다. 터럭이 앉을 새 없이 걸레질을 했다는 걸 최 씨는 안다. 최 씨 집 마루는 늘 이순이 무릎 꿇고 닦았다.

온양댁이 부엌에서 미숫가루 두 대접을 소반에 받혀 사랑채로 들여갔다. 곧이어 이순이 사랑방 문을 열고 들어갔다. 준섭과 같이 앉아 있던 금자가 일어섰다.

"잘 있었어요? 내 동생이 경성서 왔으니 인사하고 얘기 나눠 봐요."

여닫이문을 열고 금자가 댓돌을 밟고 안채로 건너갔다. 오늘 보니 색싯감이 더 좋아 보였다. 최 씨가 미숫가루 사발을 앞에 놓고 온양댁과 얘기를 하고 있었다. 신랑감을 언뜻 본 장모자리 최 씨의 마음은 어떤지 궁금한 금자가 입을 열었다.

"경성에서 새벽에 출발해 오느라 힘들어 그렇지, 인물은 오늘보다 더 나아요."

"신랑감이 듬직해 보이네요."

온양댁이 맞선 주선하고 사랑채도 열어준 역할이 컸다. 온양댁의 신랑 평에 최 씨가 답을 했다.

"신랑감이 가볍지는 않아 보이네요. 아랫말 반월댁 동생이니 믿음직스럽군요."

평소 들일하며 스스럼없이 웃고 떠들던 사이였지만 간격을 두며 예의를 차렸다.

"바지저고리 짓는 법, 뜨개질로 쉐타 짜는 법, 옷고름 매듭 만드는 법, 묵 쑤는 법, 엿 다리는 법…… 맏이에다 딸 하나라 이일 저일 다 시켜서 대충 부끄럽지 않을 만큼은 가르쳤는데…… 경성 가 본 적도 없는데 가서 살 수 있을지……."

"이순이 어머니 살림 솜씨가 얼마나 알뜰한지 다 잘 알죠. 경성도 사람 사는 동네고 또 신랑이 상 차려 바치라고 호령하는 성격이 아네요. 엄마 어려서 잃고 삼 남매가 서로 의지하고 살다 내가 지곡리로 시집온 다음, 계모가 들어와 살림 맡아 하고 있죠. 경성서 저희들끼리 살고 곡식은 시골 아버지가 보내주니 어렵지는 않을 거예요."

금자가 사랑방 문을 닫고 나올 때 흘깃 본 준섭의 표정은 상기되어 있었다. 고개를 숙이고 앉아 있는 이순의 표정을 읽을 수 없었지만 여기까지 신랑감이 와서 맞선 본 후 큰 흠

결이 있지 않는 한 혼사는 이뤄지는 거라고 금자는 생각했다. 감자 캘 때 봤던 찐 감자 같던 이순의 얼굴이 오늘은 청포묵처럼 보드랍고 야들야들해 보였다.

최 씨는 김량 장에 있는 친정 동생 최시영이 이순이 인물이 그만하니 매부 3년상 치른 후 혼처를 알아보겠다던 말이 떠올랐다.

준섭은 이순이 방문을 열고 들어올 때 일어서서 맞았다. 상당히 키가 커서 자신과 비슷하게 느껴졌다. 뛰어나게 예쁜 것도 도드라지게 아름다운 것도 아닌 슴슴함, 편안함…… 키가 홀쩍 큰 색싯감이었다. 온양댁이 깔아 놓은 방석은 두 개였다.

"여기로 앉으시죠."

준섭이 문 앞에 앉으면서 벽 쪽에 놓인 방석을 가리켰다. 치마 말기를 손으로 잡아 여미며 이순이 말없이 방석에 앉았다. 남동생만 넷이라 남자와 마주 앉는 게 어색하지는 않았다. 그러나 선을 보러 온 남자를 눈을 들어 쳐다보기는 어려웠다. 얼굴이 네모나게 생긴 것 같았다. 목소리는 굵은 편이었다. 남자 목소리가 가늘지 않아서 다행이라 생각했다.

"어머니가 일찍 돌아가셔서 계모를 모시게 됐는데 시골에

계십니다."

맏아들이지만 시집살이는 없을 거란 얘기였다. 두 살 아래 남동생 하나가 경성에서 대학 다니니 같이 살아야 한다는 얘기는 금자로부터 들어 알고 있었다. 공장이 어떤 건지 궁금했지만 질문하면 혼인하겠다는 거로 신랑감이 생각할까봐 물어보지 못했다. 이 시골 골짜기까지 선보러 온 경성 남자가 아랫말 반월댁 아주머니 남동생인 거는 괜찮았다. 반월댁은 밭일도 잘하고 모내기철에 둘러 앉아 밥 먹을 때도 설거지 할 때도 시원하게 말했다.

"이순이는 밥상 위 설거지 그릇만 내와. 내가 설거지 할게. 시집가면 죽을 때까지 일만 할 텐데, 시집가기 전이라도 좀 쉬어. 여자 팔자 뒤웅박 팔자야."

그렇다고 일이 줄지는 않았지만. 반월댁 말은 다른 동네 아낙네들의 수다로 이어졌다.

"논농사가 최고야. 농사 많은 집으로 시집가야지. 이집 저집 일해주고 품삯 받아서 언제 논을 사냐구."

"왜놈들이 빼앗아 가는 게 얼만데. 많아 봐야 공짜로 뜯기니 다 팽개치고 싶다구."

논을 가지고 있는 기순댁이 다 한가지라고 말했다.

준섭은 이순의 눈썹이 고와 보였다. 얼굴은 참외처럼 통통하게 갸름했다. 입술이 고치에서 갓 나온 누에 같았다. 눈을 들어 준섭의 말에 대답할 때 입술이 움직이는 게 귀여웠다.

"저는 경성에 한 번도 가 본 적이 없어요. 김량 장에 가보고 수원읍에는 가봤어요. 그때 처음 버스를 탔는데 어지럽고 토할 것 같아 고생했어요."

이순은 살며시 남자를 쳐다봤다. 두툼한 눈썹이 먼저 보였다. 얼굴은 붉어져 있었다. 준섭이 말했다.

"수원읍에서 경성 가는 기차를 타면 가만히 앉아 눈 감고 있으면 데려다 줘요."

미숫가루를 천천히 다 마신 준섭과 달리 이순은 입에 댔다 떼었을 뿐 다 남겼다. 이순은 경성에 가 본 일도 없고 소학교도 다니지 못해서 경성에서 고등학교 졸업하고 방직공장 한다는 신랑감이 어려웠다. 시골에서 농사 지으며 밭에 씨 뿌리고 김매고 모내기 철에 가을 추수 때 새참 지어 광주리에 이고 논둑에 내가는 일은 잘할 수 있었다.

최 씨는 사랑방이 궁금했지만 속 깊은 이순이 잘 살피고 있을 거라 마음을 놓았다. 남동생 최시영이 알아본다는 신랑감을 기다려 봐야 하나, 경성 가서 살면 딸을 언제 보나, 농사 일도 아니고 무슨 공장을 한다는데 이순이는 밥만 하면 되나 여러 가지 의문으로 복잡했다. 다만 아랫말 반월댁이 사람이 괜찮으니 그 동생이면 그만하지 않을까, 사람은 진중해 보이던데…… 생각의 갈래가 밭매는 거보다 어려웠다. 온양댁이 최 씨의 생각을 깨면서 말했다.

"반월댁 동생, 얼핏 봤어도 씩씩해 보이던데. 고집은 좀 있어 보이고. 남자가 고집 없으면 뭐에 써. 공장일도 잘해서 돈도 잘 버나 봐요."

"부지런한 거는…… 어렸을 때부터 경성서 상업고등학교 다닐 때 새벽에 신문 배달을 꼭 했어요. 안 해도 저 먹을 거는 아버지가 보내 줬는데 가만히 있지 않는 성격이죠."

준섭이 사랑방 문을 열고 나서면서 처다본 마루 뒤쪽에는 물레가 있었다. 누에고치에서 실을 뽑아내는 물레는 예쁜 색시마냥 대청마루 구석에 다소곳이 앉아 있었다.

온양댁과 이순의 집은 수수깡 울타리로 경계를 했는데 이순의 집 울타리는 하나 더 있었다. 산 쪽으로 짙푸른 뽕나무들이 집을 둘러싸고 있었다. 방직공장을 하는 준섭은 누에가 만든 뽕나무가 친숙하고 좋았다.

"울타리가 뽕나무네요."

준섭의 말에 이순은 답했다.

"산 중턱까지 다 뽕나무 밭이에요."

어머니 최 씨와 물레 돌리는 일이 생각났다. 아궁이에서 담아온 화롯불에 놋대야를 얹어 놓고 물을 끓이다 그 물속에서 누에고치가 풀리면 그 실을 물레에 돌려 실을 뽑던 일, 그 일이 재미있었다. 다 풀린 누에고치 속 번데기를 먹었다. 번데기를 볶아서 동생들과 먹는 일이 고소하고 즐거웠다.

금자와 최 씨, 온양댁이 대청마루에서 사랑방 문을 열고 나오는 준섭과 이순의 표정을 살폈다. 최 씨는 사랑방 방문을 열고 나오는 경성 신랑감과 이순을 쳐다보면서 이순이 자기 딸이지만 참 이쁘다고 생각했다.

대문 쪽으로 걸어가면서 금자가 물었다.

"갈 길이 멀지. 얘기 많이 해봤어?"

준섭은 누이의 말에 대답하지 않고 이순과 최 씨를 향해서 허리를 굽혔다.

"여름 전 다시 올게요. 그때까지 금자 누이한테 궁금한 거 있으면 물어보세요. 그럼, 안녕히 계세요."

나서는 대문가에서 이순이 고개를 숙여 인사를 했다.

경성으로 올라간 준섭의 마음은 맞선 본 그날로 자꾸 되돌아갔다. 칠복, 만복은 준섭의 마음이 들떠 있는 걸 금방 알았다. 염료 구입도 있는 걸 더 하고 주문해야 하는 걸 빼먹고 시장에서 돌아오곤 했다.

준섭이 지곡리를 한 번 더 다녀가고 추수가 끝난 늦가을에 둘은 결혼했다. 이순은 경성으로 떠나기 전 어머니를 부르며 최 씨 품에 안겨 울었다. 최 씨도 아까운 외딸을 멀리 보내며 눈물을 훔쳤다.

"여자는 시집가면 남편이 하늘이다. 남편 말을 따르고 어른들 말씀에 순종해야 한다. 이제 네가 자식 낳고 살다 죽을 곳은 김 씨 집안이다."

최 씨는 이순을 품에서 밀어내며 돌아섰다.

이순은 버스정류장까지 시오리 길을 준섭을 따라 걸었다. 단풍 든 온갖 나무가 빛의 잔치를 벌이고 있었다. 은행나무는 노란 단풍잎을 비처럼 뿌렸다. 길은 보이지 않고 호화로운 비단 이불만 펼쳐 있었다.

최 씨가 싸 준 보따리 안에는 고춧가루, 깨소금, 팥, 콩, 햅쌀을 절구에 찧어서 만든 인절미가 들어 있었다. 방직공들에게 주라는 인절미가 가장 무거웠다.

수원읍 가는 버스 안에서 이순은 보따리를 끌어안고 멀미를 참았다. 쌀자루를 메고 있는 준섭은 이순이 보따리를 들어주려 애썼지만 사람이 많아서 움직이기 어려웠다.

경성 가는 기차를 탄 이순은 방이 여러 칸 달린 차가 철길을 달린다는 게 신기했다. 차 안에서 일어서 걸어도 되는 게 좋았다. 준섭이 찹쌀 자루와 양념 보따리를 선반에 얹었을 때 이순은 편안한 잠이 쏟아졌다.

경성역에는 사람들이 많았다. 두루마기 입은 사람, 양단 치마저고리에 털배자를 입은 여자, 모직 코트에 단장을 집고 표를 끊으려는 사람, 홑바지 차림의 사람들도 많았다.

늦가을 경성 바람은 쌀쌀했다. 오장동까지 걸어가는데 어마어마하게 큰 집이 눈앞에 보였다.

"남대문이야. 서대문도 있고 동대문도 있어. 경성이 원래는 한양이었잖아. 일본 놈들이 와서 야금야금 제멋대로 일본 말로 바꿔놓고. 저기 보이는 덕수궁은 임금님이 사시던 곳인데 원래 이름은 경운궁이었어. 엉망으로 남의 나라를 휘저어 놓고 있어."

지곡리에서는 몰랐던 일들을 경성에서는 알아야 하니 이순은 조금 복잡하다는 생각이 들었다. 준섭의 말을 잘 따라야겠다고 생각했다. 어머니 말대로 김 씨 집안 귀신 되는 거니까.

"난 돈 많이 벌 거야. 방직기계 더 들여 놓을 거야. 아들 많이 낳고 싶어."

이불 속에서 준섭이 했던 사랑의 행위가 생각나 부끄러웠

44

다. 이순의 얼굴이 붉어졌다. 어머니가 아들 넷이나 낳았으니 자신도 낳을 거라 생각했다.

오장동 집골목에는 일본 집들이 나란히 붙어 있었다. 집 앞에 있는 작은 바깥마당은 옆집들 마당으로 이어졌다. 긴 복도 모양의 마당은 길이기도 했다. 앞에 흐르는 개천은 세 계단 내려가서 빨래를 하고 김장 때는 배추를 씻을 수도 있어 보였다. 건너편에 있는 똑같은 모양의 일본식 집에서 사람들이 드나드는 게 보였다.

칠복이가 준섭의 쌀자루를 받았다. 눈을 찡긋하며 웃었다. 예쁜데, 하는 표정이었다. 이순이 머리에 이고 온 보따리를 받은 만복이는 자기 키와 별반 차이가 나지 않는 여자는 처음이라 좀 뻘쭘했다.

이순은 부엌으로 내려가서 가지고 온 양념을 정리하고 남자들끼리 밥해 먹은 부엌을 청소하고 정리했다. 인절미를 그릇에 담아 칠복, 만복에게 줬다.

"떡 오랜만에 먹으니 목이 메네요."

수북했던 인절미는 금방 없어졌다.

"저기요. 옆집에 인절미를 갖다 드리면 좋을 텐데요."

준섭은 이순과 함께 옆집 양주할머니 집에 인절미를 가져

갔다.

"장가갔다는 인사구료. 색시가 참하니 예쁘게 생겼네."

양주할머니는 손자가 교장 선생님 추천으로 일본 갔는데 감감 무소식이라고 하소연부터 했다.

"소사로 잘 다니던 아이를 천황 폐하의 은덕이고 대일본 제국에서 베푸는 기회라고 일본 공장에 가면 일도 배우고 월급도 많이 준다고 특별히 추천하는 거라고 해서 갔는데 벌써 3년이 넘었어. 한 번 편지 오고 도무지 연락이 없어. 알아볼 데 있으면 알아봐 줘."

근심으로 자글자글한 주름이 얼굴에 가득했다.

그 옆집은 다나까라는 이름의 일본인 집이었다. 문을 열고 나온 이는 하얀 얼굴에 똥그란 눈을 가진 나이 어린 조선 여자였다. 양주할머니가 다나까 상이 일본에 아내와 자식이 있는 모양이라고 귀띔했다.

"어머 아저씨, 장가가셨구나. 잘 먹을게요. 새색시가 꽃 같네요. 예쁘다구요."

인절미를 주고 돌아서는데 자랑스러움이 가득한 높은 목소리가 들렸다.

"아 참. 기차 탈 일 있으면 말하세요. 우리 아저씨가 공짜로 태워 드릴 수 있어요."

경성이라고 좋은 집들이 많지도 않은 것 같았다. 일본식 집들은 대청마루가 없어 시원하지 않았다. 불 때서 덥히는 구들이 아니라 온돌방이 없어 밥 먹고 숭늉 안 마신 것 같이 찝찝했다. 추운 겨울 두루마기 입지 않은 동저고리 차림인 것 같았다. 지곡리 집처럼 아궁이 불이 먼저 들어오는 아랫목이 있어야 방이라 생각했다. 콩댐한 방바닥은 매끌매끌하고 단풍 나뭇잎 색처럼 다정한 그런 방이면 좋겠다고 생각했다.

영섭은 동갑내기 형수가 밥 차려주고 살림하니 편해서 좋았다. 이뻐서 좋았다. 준섭은 두 살 아래 동생 영섭이 학교에만 다니는지 다른 모임을 하며 뭔 일을 꾸미는지 걱정이 됐다. 대학생이니 알아서 하겠지 했지만 수염이 꺼칠한 채 며칠 만에 들어와서는 친구 아버지 상 치르느라 못 왔다고 하기도 하고, 친구가 다쳐서 병원에 데리고 갔다가 늦어서 친구 집에서 자고 학교로 곧 바로 갔다 오는 길이라고도 했다. 준섭은 영섭의 속내를 알고 싶어 영섭이 관심 갖고 있는 얘기를 꺼냈다.

"일본 놈들이 무슨 일을 꾸미는 거 같애. 국가 총동원령 내린 게 언젠데 아직도 젊은 애들 징집명령 내리고 여자들도 일도 배우고 돈도 번다고 데리고 가는 게. 작년 말 일본이 미국 하와이 진주만을 폭격했다는데 거짓말 아니냐? 미국이 얼마나 쎈데."

준섭의 말에 영섭은 입을 열었다.

"이기고만 있다고 중국 땅도 곧 일본제국이 된다고 떠들고 매일신보에는 내선일체만 강조하고 있잖아요. 〈대한매일신보〉였다가 일본 놈들이 강제로 뺏어 대한을 떼버리고 〈매일신보〉라고 만들어 매일 떠드는 나팔수 만들었으니 사람들이 세상 어떻게 돼 가는지 알 길이 없잖아. 그런 게 하나 둘이 아니죠. 조선어 방송, 우리 말 방송이 제2외국어 방송이라고, 참, 나라를 빼앗겼으니 비참한 일이 한두 가지가 아니지."

영섭은 평소 집에 있는 시간도 적지만 말을 많이 하지 않는데 오늘은 말이 터져 나왔다.

"나라 빼앗길 때 임금도 대신도 다 뭐한 거야."

"전쟁이 언제 끝날지 작은아버지는 알지 않을까. 한번 가 보렴."

"난 안 갈 거요. 일본식으로 이름 바꾼단 지가 일 년이 훨씬 지났으니 작은아버지는 벌써 바꿨을 거야. 이름 몰라서 못 찾아가겠소. 배신자야. 나라 팔아먹는 데 앞장선 사람 사위야. 조선식산은행은 또 조선 사람들 피 빨아먹는 거머리지 뭐야. 형도 그 덕을 보고 있지만. 안 갈 거야."

　봄이 오자 이순은 부엌 뒤쪽에 있는 다다미 아홉 장 정도
의 밭을 매만졌다. 양주할머니 밭과 이순네 밭은 경계가 분
명하지 않지만 얼추 어디부터 어디까지인지 알 수 있는 밭이
었다. 양주할머니도 호미를 들고 나와서 흙을 파서 뒤집으며
밭이 숨 쉬게 돌들을 골라냈다. 오랫동안 묵힌 밭이라 땅은
딱딱하게 굳어 있었다. 쌀뜨물을 모았다 밭에 주며 흙을 달
랬다.

　"색시가 밭농사 하니 참 기특하다. 난 생각만 했지, 손자
걱정에 다른 일은 손에 잡히지 않아 엄두를 못 냈어."

　"할머니, 우리 밭 할머니 밭 나누지 말고 같이 농사 지어서
가을에 나눠요."

　가지, 호박, 고추, 파, 상추, 토마토를 심었다. 노란 호박꽃
이 손가락만 한 열매를 맺으며 꽃은 떨어졌다. 하얀 고추 꽃
은 경쟁하듯 피었다. 토마토 하얀 꽃도 솎아줘야 했다. 가지
는 손바닥만 한 잎에 진하고 옅은 보라색 잎맥을 선명하게
그렸다. 진보라 가지꽃은 노란 꽃술을 한가운데 안고 열매를
맺으려 벌을 불러들이고 있었다.

　지지대를 세워 줘야 하는 게 가지만이 아니었다. 고추, 토

마토도 피어나는 꽃만큼 열매를 맺고 실하게 살찌워 이순의 손길에 답을 했다.

"저기요, 나뭇가지들을 좀 주어다 주세요. 지지대 세워 줘야 될 거 같아요. 가지나 토마토가 실해서 쓰러질까봐서요."

"네, 형수님. 오늘 저녁 나갔다 올게요."

칠복, 만복이 동시에 대답했다. 평소 부탁하거나 시키거나 물어보지 않던 이순이 지지대로 쓸 나뭇가지들을 구해 달라는 말에 칠복 형제는 오히려 고마웠다. 맛있는 밥상을 차려 주는 이순에게 고맙다고 말하고 싶었지만 쑥스러워 하던 참이었다.

시장에서 모종을 사다 준 준섭은 이순에 대한 사랑으로 울렁거렸다. 여름 내내 토마토 고추 상추쌈을 먹고 가지 냉국도 만들어 먹었다. 준섭은 가지를 밥 위에 얹어 쪄서 참기름, 깨소금 넉넉히 넣어 무쳐 먹거나 식초를 넣은 가지 냉국을 좋아했다. 칠복과 만복이는 방직기계를 돌리다가도, 북을 넣어 천을 짜다가도 밥 먹을 시간이 안 됐나 부엌을 기웃거렸다.

밥상을 풍족하게 만들어 준 텃밭은 서리가 내리자 풀이 죽었다. 끝물 고추는 껍질이 두꺼워 소금물에 절이면 아삭하고 매콤한 고추 장아찌가 됐다. 최 씨가 매섭게 가르친 살림은 준섭도 영섭도 칠복 형제, 양주할머니, 다나까네 등 오장동 골목을 따스한 온기로 감쌌다.

밭은 가을걷이를 끝냈다. 양주할머니는 혼자라서 가을걷이 한 채소를 가져가지 않고 이순이 만들어 주는 반찬으로 만족했다.

"옆집 색시, 다 맛있어. 고마워, 고마워."

이순이 배가 불러왔다. 친정에 가서 몸을 풀어야 산후조리도 잘하고 마음 놓고 누워 있을 테니 지곡리로 가기로 했다. 준섭은 지곡리로 걸어 들어가는 길이 멀어 걱정이 됐다. 신문에 난 택시 광고가 생각났다.

"전 가족이 택시를 탈 때는 안전한 시보레를 불러 달라."

경성택시주식회사가 낸 광고였다. 너무 비쌀 것 같았다. 이순에게는 말하지 않고 아들이 생기고 더 공장이 잘되면 꼭 택시 타고 지곡리 처갓집에 가리라 마음먹었다.

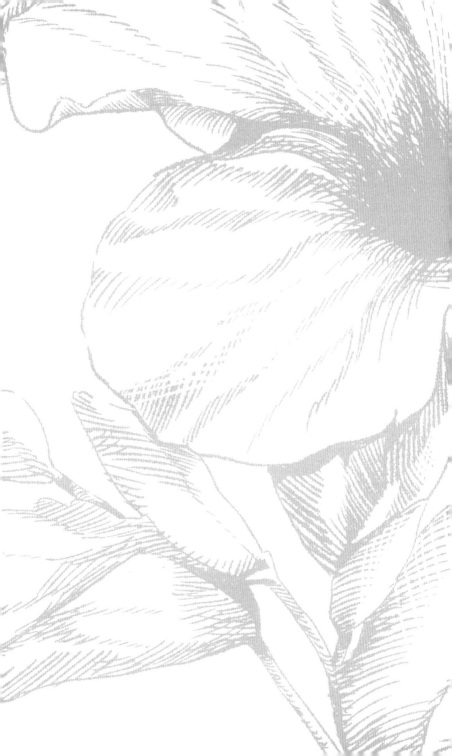

별 리

가을이 지나간 자리는 쓸쓸했다. 나무들이 잎을 떨구고 맨몸으로 찬바람을 맞고 있었다. 산수유만이 빨간 열매를 달고 늦가을 바람을 맞았다. 낙엽이 폭신한 솜이불처럼 산골짜기를 메우고 있었다. 산은 스웨터를 입은 듯 두루뭉술해져 있었다. 청년 같던 산은 겸손한 노인의 얼굴이었다.

준섭과 이순은 정거장에 내려 지나가던 소달구지를 얻어 타고 개울 옆길을 따라 흔들리면서 지곡리로 향했다. 달구지

주인은 추수한 벼 세 가마니를 달구지에 싣고 수원읍 싸전에 팔고 지곡리 아랫말 집으로 가는 중이라고 말했다.

"큰아들이 오는 봄에 고등학교에 가는데 입학금하고 월사금 필요해서 팔고 오는 중인데, 작은놈은 그저 그런데 큰놈은 공부를 잘해서 아깝지는 않아요."

"아들이 공부 잘하니 좋으시죠. 산달이라 처가에 가는 길인데 태워 주셔서 고맙습니다."

"윗말 이 진사 댁이시죠?"

알고 있었지만 묻지 않고 태워줬다는 걸 내비쳤다.

지곡리 집에 도착하니 마루 밑에 새끼 여섯 마리를 낳아 논 누렁이가 준섭과 이순에게 달려 들었다. 시집간 지 열두 달 만에 배가 불러서 온 딸을 본 최 씨는 누렁이를 마루 밑으로 쫓아 보냈다.

이순을 지곡리에 두고 경성으로 돌아온 준섭은 허전했다. 하지만 한 달 후면 이순이 아기를 낳고 한 달 더 지나면 데리러 갈 날이 온다고 생각하며 어른스러운 헛기침을 했다.

영섭은 오늘도 안 들어왔다. 영섭이 집에 들어오지 않은 게 열흘쯤 되었다. 준섭은 걱정이 되었지만 딱히 알아볼 길이 없었다. 그렇다고 작은아버지 김종만에게 알아봐 달라고

하면 일을 크게 만드는 길이라 좀 더 기다려 보리라 생각
했다.

권력을 쫓아 힘을 얻은 김종만의 어깨에는 힘이 들어 가
있었다. 조선식산은행 중역은 일본의 산업정책을 금융으로
뒷받침하는 힘 있는 자리였다. 동양척식주식회사의 방향에
맞춰 보통 은행 업무를 하는 것 외에 농촌 땅을 저당 잡아 이
자 받고 안 되면 땅을 빼앗아 가는 돈 장사였다. 가게도 배도
급할 때 저당 잡히고 돈을 빌려갔다. 만기가 되면 사정없이
계산해서 훑어갔다.

재산을 빼앗기지 않으려는 사람들은 김종만에게 줄을 대
려고 애썼다. 표 나지 않게 조심한다지만 거칠 것 없는 힘을
갖고 있는 걸 사람들은 알았다. 그러나 자식은 마음대로 되
지 않았다. 아무리 기다려도 자식이 생기지 않자 양자를 들
일까 오래전부터 생각하고 있었다. 죽은 후 제사상 차려 줄
아들이 없다는 건 혼백이 쓸쓸해서 못할 일이다.

동생 김종기는 영자, 딸 하나니 할 수 없고 형 김종구의 두
아들 중 맏이 준섭은 종손이라 안 되고 둘째 영섭이 맞춤인
데 까칠한 게 다정한 맛이 없어 마음이 당기지 않았다. 집에
데리고 있을 때도 준섭하고는 달랐다. 얼굴 마주 칠 기회에
도 고개만 까딱하고 목소리로 인사하지 않았다. 조선식산은

행에 다니는 것에 대해 영섭이 비판적이라는 걸 직감하고 있었다. 오장동으로 이사 가고 대학에 진학해서도 청운동 집으로 인사 온 것은 딱 한번 뿐이었다.

이순이 지곡리에 가 있은 지 한 달이 지났으니 아기를 낳았을 텐데 내려간 김에 데리고 오려면 며칠 더 있다 가는 게 나을 것 같았다. 한 달 반이 되었으니 애기 낳은 지 보름은 되었겠다. 보고 싶었다. 아들일까 딸일까. 누굴 닮았을까. 갑자기 마음이 급해졌다. 방골산 마루에서 개울로 내달릴 때처럼.

"내일 애기 데리러 지곡리 다녀올게."

"무슨 좋지 않은 일 생겼어요? 뭐든 급하게 정하지 않는 법이라구 말했잖아요."

놀란 칠복이 물었다. 제때 밥 해주고 살림하던 이순이 없자 집안은 먼지가 쌓여가고 있었다. 물 말아 찬밥을 먹고 반찬은 고추장뿐이었다. 형수가 돌아오면 잘 도와주자고 만복이와 얘기했었다.

그 밤에 영섭이 초췌한 얼굴로 집에 들어왔다. 반월에 들러 아버지 뵙고, 철호 집에 가서 수원 친구들 만나고 왔다고 말했다.

"너, 무슨 작당하고 다니는 거는 아니지? 우린 그냥 조용히 돈 벌어 자식 낳아 기르고 살아야지. 저 독한 놈들이 물러날 거 같니? 만약 네가 독립 어쩌구 하다가 잡혀가 봐. 너 목숨부지 할 거 같니? 어림도 없다. 또 작은아버지는 자리보전할 수 있겠니? 이쯤해서 마음잡고 공부해서 고등문과 시험 봐라."

"형, 일본 유학생들이, 우리 백성들이, 기생들이…… 수원 기생 김향화는 기생들 몇십 명 이끌고 경찰서 앞에 가서 대한독립만세를 부르다 체포되어 감옥살이 하다 몸이 망가졌다는데. 형, 향남면 제암리 교회에 마을 사람들 모아 놓고 문 닫아 걸고 불 질러 몇십 명을 불태워 죽인 게 일본 놈들이야. 그 식구들이 피눈물을 흘리는데 지금 바로 지금, 옛날 얘기가 아니잖아. 일본 순사, 헌병 피해 나라 찾자고 지금도 땅 팔아서 중국 쪽으로 가는 사람도, 임시 정부에 몰래 돈 보내는 사람도 있는데 소리라도 질러봐야지. 공부는 해서 뭐해."

틀린 말은 아니었다. 준섭은 영섭의 말에 아니라고 말할 수 없었다. 다만 우리는 조용히 쥐 죽은 듯이 사는 게 낫다고 생각했다.

반월 김종구의 농사도 세금으로 빼앗아 가는 게 해마다 많아 셈이 맞지 않았다. 그래도 가을 추수철에는 서당 친구 박승기에게 쌀 몇 가마니를 보내는 걸 잊지 않았다. 무슨 일인지 박승기는 논을 거의 다 팔아 겨우 끼닛거리만 남겨 놓고 있었다. 30마지기 논을 팔아 그 돈을 어떻게 썼는지 동네 사람 아무도 몰랐다.

해 바뀌기 전, 섣달은 언제나 추웠다. 쌓여 있는 눈 위에 산토끼 발자국이 콕콕 찍혀 있었다. 소나무는 푸르게 서로 독립적으로 서 있었다. 그래도 각각으로 보이지 않고 한 마을처럼 보였다. 자식을 많이 두면 저렇게 보일 거라 생각했다. 외로운 게 싫다. 어머니 돌아가시고 영섭과 경성에서 학교 다닐 때도 외로웠다. 아들 많이 낳아 연날리기도 하고 연 끓어먹는 것도 하고 자치기도 하고 물수제비도 뜨고 냇가에서 천렵도 하고……. 준섭은 꿈꾸듯이 추운 바람도 느끼지 못하고 개울 건너 처갓집에 들어섰다.

누렁이는 올망졸망 새끼들을 달고 준섭을 보고 짖었다. 장모 최 씨가 안방 문을 열고 흰머리를 넘기며 마루로 나왔다.

"자네가 벌써 왔네. 어쩌나. 어서 오게."

벌써, 어쩌나, 어서 오게. 앞뒤가 맞지 않는 장모 최 씨의 말과 어두운 얼굴에서 준섭은 섬뜩함을 느꼈다.

"안녕하셨어요?

준섭은 절을 하고 일어서면서

"집사람하고 애기는 어느 방에 있나요?"

건넛방에 누워있던 이순이 핼쑥한 얼굴로 일어나 벽에 기대앉았다. 무거운 공기가 겨울 저녁을 눌렀다.

"애기가 거꾸로 나오려다 사고를 당했네. 머리가 먼저 나오고 밀고 나와야 되는데 다리가 먼저 보였다네. 역산이었어. 아들이었다네."

뽕나무 밭 귀퉁이 작은 무덤에 손을 얹었다. 준섭은 스물다섯에 첫아들을 잃었다.

첫아이를 잃고 다시 시작한 경성 생활은 힘들었다. 남편 준섭을 볼 낯이 없었다. 준섭은 아무 말도 안 했다. 원망도 질책도 실망도 어떤 표도 내지 않았다. 그냥 성실히 명주실 물들일 염료 사러 시장 거래처에 다녀오고 명주실 장만하러 거래처를 더 알아보러 분주히 찾아다녔다. 신문지에 둘둘 말아 가져 온 쇠고기를 주며 국 끓여 먹자고 했다. 어느 날은 닭한 마리 잡아 와 백숙해 먹자고도 했다. 이순은 미안한 마음에 말수가 줄었다.

풀죽어 있는 이순이 가여운 준섭도 이순만큼 속상했지만 말하지 못했다. 처연한 눈길로 준섭을 바라보는 이순에게 사로잡혀 있을 뿐이었다. 다시 아이를 갖는 것만이 이 슬픔에서 벗어나는 길이라는 걸 다 알고 있었다.

"만복아, 오늘 날 좋다. 빨래 잘 마르겠다. 이 빨래 개울 가서 하자. 양잿물 가지고 내려가자."

"칠복이 형, 우리 빨래만 해? 형수님 기운 없는데 함께 해야지."

만복이는 시원치 않은 한쪽 눈을 찌그리면서 물었다. 두 눈이 다 밝지는 못해도 만복이는 매사에 재빠르고 영리했다.

"그래, 형수님한테 이불 빨래 달라고 해. 오늘 양잿물 넣어서 푹푹 삶아서 때 빼자구."

계단 서너 개만 내려가면 되는 집 앞 개울은 발 담글 정도의 물이 늘 흘렀다. 개울가에는 드럼통으로 만든 화덕이 있었다. 빨래 삶을 양은솥과 장작만 가지고 가면 빨래를 삶을 수 있었다.

삶은 빨래는 개천에서 여러 번 헹구면서 빨래 방망이로 두드려 불어난 때를 뺐다. 다 된 빨래를 짜는 일도 쉽지 않았다. 가끔 준섭이나 영섭이가 빨래 짜는 일을 도와주기도 했다. 다 된 빨래는 해가 좋은 날 바위 위에 널어 말렸다.

설거지가 많은 날

"제가 할게요. 저희는 많이 해봤어요."

칠복이가 말하면

"부엌에 남자가 들어오면 안돼요."

이순이 강하게 막았었다.

어머니 최 씨는 남자가 부엌에 있는 물 항아리에 물 뜨러 들어오는 것도 안 된다, 물바가지로 떠서 줘야 하는 거다, 부엌은 여자의 자리, 남자가 들어오는 건 여자가 칠칠치 못한 거라고 늘 말했다. 이순은 이 가르침을 순종적으로 받아들였다.

조용히 집안일을 하는 이순을 어떻게 도와주나 칠복은 골똘하게 생각했다. 이불 빨래나 큰 빨래를 개천에서 했던 게 생각났다. 때마침 봄이니 겨울난 이불 호청, 바지저고리, 베수건……. 삶을 빨래는 칠복이가 안고 내려가기 힘들만큼 많았다.

빨래를 마치니 점심때가 훨씬 지났다. 이순은 김치부침을 하려고 찬장에서 밀가루를 꺼냈다. 바깥마당 화덕에 부엌에 있던 솥뚜껑을 뒤집어 엎었다. 봄볕을 쬐던 양주할머니가 풍구를 돌렸다. 왕겨는 불이 잘 붙었다. 들기름을 넉넉히 두르고 김치전을 한 국자 푸짐하게 올렸다. 다나까 상네 눈 똥그란 젊은 여자가 나왔다. 철도 기술자라고 하면서 기차 탈 때 말하면 잘해 주겠다고 한 게 생각났다.

"주인아저씨 일하는 데 어려운 일 있으면 말하세요."

일본인과 사는 거에 대해 우월감이 배어 나오는 동시에 조선인의 비난을 느끼는 듯싶었다.

"결혼한 지 얼마나 됐어요? 왜 애는 없어요?"

빨래를 마친 칠복 형제가 올라와 김치전을 기다리다 던진 말이었다. 여자는 스물다섯 살 위인 일본 남자의 현지 조선인 처라는 걸 말하지 않아도 다 아는 것에 난처했다.

"난 저녁 준비해야 해 먼저 들어가요."

"이거요. 다 됐어요. 금방 뒤집었으니까 곧 될 거에요."

이순이 말했다. 칠복이의 질문에 기분이 나빠졌지만 김치전의 유혹에 여자는 눌러 앉았다. 시장에서 들어오던 준섭은 왠 김치 부침개 하면서 젓가락을 들었다.

"막걸리가 있으면 딱인데 제가 사 올까요?"

"어디 가서 술을 사와? 술 파는 데가 얼마나 먼데."

칠복이 말에 술 한 잔도 못하는 준섭은 마땅치 않았다.

"제가 일본 사케 가지고 나올게요. 우리 아저씨 부산 출장 가서 사흘 후에 와요."

여자가 발딱 일어나 집으로 쪼르르 가서 사케 한 병을 들고 나왔다.

"아 이제 빈대떡 먹는 맛이 나네. 아가씨 잘했어."

칠복은 이순이 부엌에서 가져온 종지, 대접 등에 적당히 따랐다.

"형님 한 잔 드세요."

준섭은 못 마신다고 손을 저었지만 칠복은 마시기 전 취한 듯 고집을 부렸다.

"양주할머니 드실래요?"

"그려, 한 사발 줘 봐. 속상한 거 술이나 먹고 잊어 볼까나."

준섭이 술잔을 양주할머니께 드렸다.

"아가씨 잘했어. 아가씨도 한 잔 받아. 이웃에 살면서 여태 통성명도 안 하고 술 한 잔도 안 한 건 조상님께도 죄송한 얘기야."

칠복의 너스레로 오후부터 시작된 김치 빈대떡 잔치는 무르익어갔다.

"아가씨 이름이 뭐야?"

"아저씨 이름은 뭔데요?"

어둑어둑 저녁이 되자 이순과 준섭은 집으로 들어갔다. 양주할머도 오랜만에 술 마셨더니 머리가 아프다며 집으로 들어갔다. 칠복과 영희만 남았다. 남은 술뿐 아니고 영희가 더 내 온 사케 한 병을 다 비웠다.

부산에서 다나까를 만나 살다가 서울까지 와서 살림 차리게 됐다고 넋두리를 했다. 그리고 다나까 돈 알겨서 촌구석에 사는 엄마한테 주고 온 건 잘한 거 아니냐고 소리를 질렀다. 만복은 집으로 들어가 방직기계 앞에 앉았다.

새벽녘에 이순은 개천가 바위 위에 널어 논 빨래를 뒤집어 날아가지 않게 돌로 다시 눌러 놓으러 내려갔다. 밤이슬에 빨래는 촉촉이 젖어 있었다. 아침 햇살을 받으면 꾸덕꾸덕 다듬이질하기 딱 알맞을 것 같았다. 마당으로 올라서려는데 다나까네 분합문이 조용히 열렸다. 머리가 헝클어진 칠복이가 나왔다.

해가 뜨고 바람이 소슬하게 부는 일상이 이어졌다. 바람결은 어느 날처럼 치맛자락을 들치고 텃밭에는 작년 봄처럼 씨앗이 움트기 시작했다. 텃밭은 손길 따라 부드럽게 다듬어졌다. 토마토, 고추, 가지, 파, 상추…… 작년하고 달라진 건 가지를 더 심은 것이다. 조금씩 가짓수를 늘려 골고루 심었다. 살맛이 난다고 종일 밭일에 매달리는 양주할머니의 얼굴은 아침 햇살처럼 밝아졌다.

부엌에서 쌀, 보리에다 조를 섞은 밥을 안치고 된장찌개를 끓이던 이순이 부엌바닥에 주저앉았다. 아랫배가 뭉치더니 무언가 쑥 빠지는 것 같았다. 핏덩어리가 속옷을 적셨다. 유산이었다. 혹시 임신 아닌가, 긴가민가하던 차였다. 월경을 건너뛴 게 두 번이었다. 다 짠 비단을 시장에 내다 팔고 들어온 준섭은 이순을 자리에 뉘이고 한숨을 쉬었다.

첫아들을 잃었을 때보다 준섭의 불안은 더 컸다. 아들을, 자식을 못 갖는 거 아닌가 하는 걱정이 밀려왔다. 절망이 덮쳐 눈을 꼭 감고 누워 있는 이순은 깊은 우물 속으로 떨어지는 꿈을 연속해서 꿨다.

닭 한 마리를 잡아 온 준섭이 황기와 함께 솥에 넣고 끓여 보라고 칠복 형제에게 말했다. 준섭은 이순이 가여웠다. 파리한 뺨 위로 흐르는 눈물을 닦아 주었다.

"괜찮아, 당신 건강해지면 쌍둥이도 낳을 수 있어."

준섭은 흠칫 놀랐다. 자신이 쌍둥이고, 죽은 쌍둥이 형에 대해서도 어디 가서 말해 본 적이 없었는데 이순을 위로한다는 말에 쌍둥이를 말하다니. 더욱이 사람들은 쌍둥이에 대해서 나쁜 징조로 얘기하는 걸 알고 있는데…….

스스로 당황한 준섭은 가녀린 이순을 토닥거렸다. 이렇게 예쁜 여자가 내 아내라니. 하지만 이순의 잘못, 누구의 잘못도 아닌 것이 불안을 더욱 부추기는 건 맞았다. 알지 못하는 운명이 계획대로 순차적으로 작동하는 건 아닐까. 내 팔자엔 자식이 없나. 어머니도 일찍 돌아가고 쌍둥이 형도 일찍 죽은 게 무슨 관계가 있나. 준섭의 머릿속에는 불길한 생각이 꾸역꾸역 연기처럼 피어올랐다.

그날 저녁 종로경찰서 형사가 김영섭을 찾았다.

"김영섭이 집에 안 들어온 지 얼마나 됐나요. 어디 갔는지 알고 있어요? 친한 친구는 누구죠?"

준섭이 느끼고 있던 불안이 형태를 갖추고 나타나는 걸 알았다. 김종만이 사람을 보내 준섭을 불렀다. 일본에 붙어사는 작은아버지가 못마땅해서 세배도 안가는 영섭이 문제로 부른다는 걸 알았다. 영섭이 준섭에게 했던 말이 떠올랐다.

"언젠가 일본 놈들 망하는 날 목숨부지 못할 거니 형도 적당히 거리를 두고. 공장도 다른 사람에게 넘겨. 지게 져서 먹고살면 되지. 아버지 농사 같이 지으면 되잖아."

김종만은 거만한 표정으로 의자를 뒤로 젖히며 준섭을 탓했다.

"영섭이 학교 제대로 안 간 모양인데 무슨 짓거리하고 다닌 거니? 넌 나한테 아무 말도 안 하고 어쩌자는 거니?"

시원스런 성격의 김종만은 화 치미는 걸 억누르느라 얼굴이 벌겋게 달아올랐다. 자기 덕에 살고 있는 조카들이 자기를 흔들어 대는 일을 하고 있었다니 용서할 수 없었다. 주춧돌 밑 흙을 파내고 있었던 거다. 준섭이라도 자기에게 귀뜸해 줬어야 하는 거 아닌가.

"어차피 황국신민 됐으면 대일본제국을 위해 멸사봉공해야지. 무슨 독립운동이야. 대학생들 몇 놈이 뭉쳐서 떠든다고 일본이 무너질 것 같애? 필리핀도 중국도 만주도 다 일본제국이 될 날이 가까웠어. 까불다 목숨부지 못해. 너 영섭이 찾아보고 단단히 타일러. 우리 집안이 패가망신 하느냐 아니냐 갈림길이야."

김종만은 자신이 누리는 영락이 영섭의 반일운동 때문에 무너질까봐 겁이 났다. 평소 깔끄럽다고 생각하던 영섭이었는데 드디어 일을 냈구나 싶었다.

"친정 다녀온 지도 꽤 됐는데 다녀오지 그래."

종만은 애경에게 아량을 베풀 듯 말했다.

"웬일이에요. 나다니는 걸 그렇게 싫어하면서."

"부모님 찾아뵙는 게 나다니는 건 아니지. 엊그제 내가 받아온 선물 그거 6년 근 홍삼이라던데, 갖다 드리고 와. 건강하시라고 전하고."

다음 날 김종구는 초췌한 모습으로 오장동으로 왔다.

"영섭이가 수원 경찰서에 잡혀 있다. 어떡하든 빼내 와야지. 경찰서 잡혀가면 두들겨 맞아서 반병신 된다는데."

준섭은 아버지 김종구와 청운동 김종만 집으로 갔다. 김종만은 오랜만에 집으로 찾아온 형 김종구에게 잘해 주고 싶었다. 어린 시절 고향에서 썰매를 탈 때도 소심해서 길게 내달리지 못하고 앞자리에서 썰매를 달리는 종만의 허리를 잡고는 천천히 가라고 뒷자리에서 소리를 지르던 형이었다.

"형님, 영섭이를 빼내기는 어려운 일이요. 대학생 20여 명이 모여 경찰서 습격을 모의했다는데 영섭이 주동급이랍니다. 알아볼 테지만 이런 일은 맨입으로 안 됩니다. 마침 서장이 장인이 수하에 데리고 있던 인물인데 약기가 쥐방울이죠."

김종구는 논 일곱 마지기를 팔았다. 소출이 가장 많이 나는 논이라 쉽게 팔렸지만 눈물을 삼켰다. 어미 없이 큰 자식, 똑똑해서 기대를 많이 했는데 감옥 갔다 온 전과자, 빨간 줄이 호적에 그어지겠구나, 절망감이 몰려왔다.

돈 보따리를 싸가지고 김종구는 큰아들 준섭과 경찰서장 집으로 찾아갔다. 서장은 당연히 받을 돈인 양 열흘 후에 경찰서 유치장에서 풀려날 테니 데리러 오라고 했다.

올해는 가지꽃이 실하게 많이 피었다. 노란 꽃술의 화분이 벌들의 희롱으로 보랏빛 꽃잎에 인절미 콩가루처럼 묻어 있다. 많은 가지가 튼실하게 자라 밥상을 행복하게 해 줄 테지. 밭 가장자리에 홀로 피어있는 꽃을 보았다. 하얀색 콩꽃이었다. 심은 적이 없는 콩꽃이라니 반가웠다. 홀로 피었다 열매를 맺고 지면 단풍 든 콩잎을 따서 장아찌를 담글 수 있다. 내년에는 가지를 줄이고 콩을 조금 더 심어 볼 생각을 했다.

이순은 수척한 몸을 추스르며 밥상을 봤다. 준섭이 영섭을 데리러 수원 경찰서로 떠난 시간이 9시 정도였으니 4시경엔 도착하리라 생각하고 이른 저녁을 준비했다.

골목길이 시작되는 입구에 택시가 멈췄다. 택시 타고 이 골목길에 들어올 사람은 없을 텐데. 화장실에 가던 만복이가 봤다. 준섭이가 누군가를 업고 들어오고 있었다. 반밖에 떠지지 않는 눈을 치켜뜨면서 만복이가 칠복을 불렀다.

"칠복이형! 큰형이 누구 업고 와. 나가 봐."

이층 다다미방에 영섭을 뉘인 준섭은 영섭의 옷을 벗겼다. 영섭이는 반듯하게 누울 수가 없었다. 엎드린 영섭의 등은 채찍으로 맞아 갈라진 피부가 엉겨 붙어 태운 빈대떡 모양이었다. 영섭을 칠복 형제에게 맡기고 준섭은 김종만에게 보고하러 자리를 떴다. 이순은 쌀을 불렸다. 흰죽에 감자를 넣을 요량으로 감자를 깎았다.

집 밖에서 칠복과 영희의 다투는 소리가 크게 들렸다. 영섭의 옷을 갈아입히고 있던 만복이 아래층으로 내려가 귀를 기울였다.

"우리 아저씨가 그런 것도 아닌데 무슨 책임지라는 거야."

"일본 놈들이 다 똑같지. 사람을 개 패듯 패. 왜 죽이지 그랬니."

"칠복이 오빠, 화 내지 마. 무서워."

영희의 목소리에는 살랑거리는 애교가 봄바람처럼 묻어 있었다. 잠자다 깨어 보면 칠복이 형이 없을 때가 요즘 부쩍 많았던 걸 만복이는 퍼뜩 떠올렸다

더위가 사위어 갈 무렵, 영섭은 반듯하게 누울 수 있었다. 등에 난 깊은 상처 이곳저곳이 아물고 쓰라리지 않게 될 때까지 넉 달이 걸렸다. 왼손 새끼손가락 두개를 잃은 건 고문을 견디려고 의자모서릴 꽉 잡았던 게 탈이 되어 자를 수밖에 없었다. 새끼손가락 뼈는 이미 부러진 상태였다. 넉 달 정도 엎드려 살면서 형수의 음식과 과묵한 형의 돌봄, 칠복 형제의 보살핌 덕분에 앉을 수도 있고 걸을 수도 있었다.

영섭은 친구들이 어떻게 됐나 걱정이었다. 평양에서 경성으로 유학 온 민철이는, 부산에서 온 명수는, 전주에서 온 창

모는……. 영섭은 기력이 회복되면 학교에 가 보리라 마음먹었다.

플라타너스, 양버즘나무 가로수들이 들어선 교정에 갔다. 겨울 초입 손수건만큼 넓적한 가로수 잎들이 비에 젖어 교정에 깔려 있었다. 학적부엔 이미 제적 처리가 되어 있었다. 명수가 늦었다고 뛰어왔다.

"영섭아, 잘 들어. 학교 제적 된 거 아무것도 아냐. 정말 중요한 뉴스가 있어. 너 단파방송 알아? 나 들었어."

이승만입니다.

미국 워싱턴에서 해내 해외 2300만 동포에게 말합니다.

듣는 사람은 다 전하시오.

2300만 동포의 생명의 소식 자유의 소식입니다.

일본은 곧 망할 겁니다.

우리는 일본의 압정에서 곧 해방될 겁니다.

"이렇게 이 박사가 단파방송에서 말했어. 이 방송 듣고 기뻐서 펄쩍펄쩍 뛰었는데 이 방송 들은 거 다른 사람에게 말하면 저놈들이 잡아가니까 조심해. 곧 저놈들이 망하는 거

확실해."

명수가 직접 들었다는 미국의 소리, 영섭은 신나는 얼굴을
숨길 수가 없었다.

칼바람이 비질을 하며 골목길을 휘돌아 나갔다.

"이 속바지는 당신 거고 이거 새로 뜬 거는 되련님 속바지
에요."

대바늘로 뜬 털실 바지를 준섭에게 주면서 도련님 속바지
라고 영섭 속바지를 함께 건넸다. 동갑내기 시동생 속옷을
직접 주는 게 계면쩍었다. 준섭은 이순을 살포시 안았다. 털
실 사다 달라고 한 게 영섭이 속바지 뜨려고 했구나. 준섭이
속바지는 입었던 속바지를 빨아서 다시 뜬다는 걸 알았다.

방직한 천은 시장에서 예전만 못했다. 고향에서 보내오는
쌀이 없으면 어려울 뻔했다. 고향도 전 같지 않았다. 계모 남
양댁이 다른 집 대문을 열고 중얼중얼 하며 알아들을 수 없
는 말을 내뱉으며 마을을 휘젓고 다녔다. 무당 불러 굿을 했
다. 무병이 들어 신내림을 받아야 한다는 무당의 말에 김종
구는 답을 안 했다. 중얼중얼, 부엌에서도 우물가에서도……
큰 나무를 타고 꼭대기까지 올라가는 묘기는 제정신이 아니
었다. 심할 때는 방문을 밖에서 잠그고 가라앉기를 기다렸

다. 얌전한 김종구는 한약을 지어다 먹이고 잠잠해질 때를 기다렸지만 무슨 수가 있나 큰 걱정이었다.

영섭이를 경찰서에서 빼내려 일곱 마지기 논을 팔고 난 뒤 추수는 광의 빈구석을 늘렸다. 김종구는 쓸쓸했다. 농사는 줄었고 영섭이 대학교에서 제적됐고 손주는 소식이 없고 재취한 남양댁은 실성했고. 김종구는 동생 종기가 수원읍에 작은 집을 한 채 살까 한다는 말이 생각났다. 김종기는 자식이 영자 하나뿐인데 영자의 시집이 수원읍에 있으니 나중에라도 가까이 살지도 몰라 사두려 했다.

준섭보다 두 살 위인 사촌누이 영자는 수원읍에 있는 중국집 이층에서 선을 보았다. 중매쟁이는 읍내에 사는 신랑감의 외숙모였다. 양복점하고 돈도 잘 벌고 인물 좋고 양반이라는 말에 김종기는 선을 보게 했다. 중국집 앞에서 만나기로 했는데 중매쟁이가 나오지 않아 영자 혼자 30분도 더 기다렸다. 한참을 기다리니 외숙모 되는 사람이 나타났다.

"많이 기다렸지? 수원읍에 오는 김에 콩 한 말, 큰 시장에 팔고 오느라 늦었네. 어여 올라가자구. 와 있을 거야,"

중국집 2층 계단은 가팔랐다. 올라가면서 치마를 밟을까 봐 무척 조심했다. 2층 마루로 올라서는 마지막 계단에서 치마를 밟았다. 쓰러질 듯 뒤뚱거렸다. 마지막 계단을 손으로 짚고 일어서 2층 복도 마루에 올라섰다.

키는 작달만 했지만 똑똑해 보이는 영자는 결혼을 벌써 하나 했지만 외동딸이라 외손주라도 빨리 보고 싶어 하는 아버지 김종기와 어머니 옥천댁의 소원을 외면할 수 없었다. 손이 귀한 집이라 어릴 때 아이를 빨리 낳아야 된다는 김종기의 생각이었다. 고등학교 진학을 하고 싶었지만 부모의 말을 거역하지 못했다.

신랑감의 외숙모가 201호 방문을 열었다. 미닫이문은 부드럽게 밀렸다. 문을 열자 맞은편에 한 남자가 교자상을 앞에 두고 앉은 채로 고개를 숙이며 인사를 했다.

"조카님. 내가 콩 한 말 팔아서 돈 좀 쥐려고 시장 들렀다 오느라고 늦었어. 색싯감이 바깥에서 한참을 기다렸지 뭐야."

"저는 괜찮습니다."

먼저 와서 기다리는 남자는 착해 보였다. 길쭉한 얼굴에 눈꼬리가 쳐져 있었다. 가만히 있어도 웃는 얼굴이었다.

"경성 종로에서 라사점 하는데 기술이 좋아서 높은 손님들이 많이 오는 라사점이야. 조카님이 양복 기술이 얼마나 좋은지."

신랑감 외숙모는 신랑감이 마음씨도 착하고 기술이 좋아 돈도 잘 번다고 소개를 끝내고 먼저 나갔다.

영자는 라사점이라는 게 멋있어 보였다. 어머니한테 배워서 아는 건 바지저고리, 치마저고리 두루마기까지였다. 양복입고 다니는 사람들이 서양 신사 같아 보였는데 양복은 어떻게 만드나 궁금했었다. 그런 양복을 만드는 사람이라 관심이 갔다. 라사점 주인인지 아닌지는 귀에 들어오지 않았다.

똑같은 중국집 2층에서 한 번 더 만나 짜장면을 먹고 결혼하기로 했다. 이때도 신랑은 먼저 와서 2층에서 앉아서 기다리고 있었다. 영자는 예의가 바르다고 생각했다. 웃을 때 눈이 감기는 착한 사람이라고 생각했다. 계단을 내려갈 때 신정식이 먼저 내려가 계단 기둥을 잡고 영자를 기다리고 서 있었다.

"먼저 가십시오. 전 일을 보고 가겠습니다."

변소에 들렀다 가겠다는 말도 에둘러 하는 것이 좋아 보였다.

신랑 신정식은 스물아홉 살이었다. 서른까지 기다릴 수 없다고 결혼을 서둘렀다. 영자 나이 스물셋 늦가을이었다. 대례청에 사모관대를 쓴 키 큰 신랑은 먼저 와 있었다. 선 채로 예식은 간단히 진행됐다. 영자는 연지곤지 찍고 족두리를 쓰고 선 채로 맞절을 하고 화합주를 마셨다. 합환주였다.

첫날밤, 신랑은 촛불을 끄고 영자를 안았다. 영자의 옷고름을 풀고 치마끈을 내렸다. 햇솜 틀어 만든 요에 영자를 눕히려다 말고 신정식이 머뭇거렸다. 뻗고 있던 자신의 다리께로 두 손을 가져갔다. 철꺽 쇠붙이 소리가 났다. 망치와 톱이 스치며 부딪히는 소리가 났다. 영자는 아무것도 보이지 않는 캄캄한 첫날밤, 온몸에 소름이 돋았다.

"뭐가 들어왔나 봐요."

"아닙니다. 제가 다리가 불편해서 이런 걸 차고 다닙니다. 다른 걸 못하는 건 아니니까요."

걷는 모습을 본 적이 없고 벗은 모습은 더더욱 본 적이 없는 새 신랑 신정식의 왼쪽 다리는 의족이었다.

중국집 2층 방에 먼저 와 교자상 앞에 앉자 있던 예의 바른 경성 신랑이었다. 외동딸이라 힘껏 혼수 장만하고 경성 라사집에 시집간다고 기뻐하는 부모를 생각하면 소리 지르며 문고리를 벗기고 뛰쳐나갈 수 없었다. 다리를 저느냐고 의족을 했느냐고 물어보지 않았다. 당연히 사지가 멀쩡하니까 신랑의 외숙모가 중매를 했을 거라 생각했다. 신랑 외숙모는 다른 건 다 나무랄 데 없는 조카를 영자에게 중매하면서 걸을 때 유심히 보지 않으면 잘 모르겠는데 그 점만 넘어가면 되는 일이라고 생각했다.

신정식은 말했다.

"내가 잘할게요. 기술이 있으니까 잘 살 수 있어요."

영자는 눈물 속에 첫날밤을 보냈다. 시댁 식구들은 안도하는 얼굴로 새색시에게 친절했다.

라사가 종로에 있어 경성에 살림집을 차렸다. 영자는 동대문에 있는 간호학원에 다니고 싶다고 신정식에게 말했다. 미안한 마음에 영자에게 잘하려고 애쓰는 신정식은 두말없이 돈을 댈 수 있다고 답했다. 영자가 간호원이 되면 불편한 자기에게도 도움이 될 거라고 생각했다. 속아서 한 억울한 결혼. 영자는 다리가 온전하고 성질이 고약한 남자보다 부드러운 신정식이 낫다고 생각했다. 첫날밤에 뛰쳐나와 혼인이 깨진다 해도 자신은 어차피 깨진 그릇이라고 사람들은 생각할 것이다. 더구나 자식이 하나인 부모님의 슬픔은 가늠이 안 되었다. 똑똑한 여자. 돈을 벌 수 있는 여자가 되기로 생각했다.

영자의 학업은 임신하면서 힘들어 졌다. 신정식이 그래도 다니던 걸 끝까지 마치라고 힘이 돼 주었다. 영자는 숭인동 셋집에 '산파' 간판을 걸었다.

첫아이를 잃고 둘째는 유산돼서 우울한 이순은 다가오는 겨울이 스산하기만 했다. 자식처럼 매만지던 텃밭도 가을걷이가 끝난 헐벗은 몸일 뿐이다. 준섭은 이순이의 배시시 웃던 모습을 본 지가 언제인가 아득했다. 시장에 들른 준섭은 전처럼 많이 사지는 않았다. 필요한 실을 사고 길가에 있는 호빵집에 들러 호빵 30개를 샀다. 새끼줄로 묶어 놓은 꽁치 두 무더기도 샀다.

"호빵이 얼마나 김을 뿜어내는지 당신 생각나서 사왔어. 칠복이 만복이도 불러서 같이 먹자."

"양주할머니 갖다 드리구요. 영희 씨도. 다나까 씨는 계시나 몰라."

이순의 말에 칠복이 얼른 일어나며 제가 돌리고 올게요, 하면서 호빵을 그릇에 옮겼다. 만복이 흘끔 형 칠복을 쳐다봤다. 반쯤 감기듯 보이는 오른쪽 눈 때문에 만복이는 잘 나서지 않았지만 영리하기는 칠복이 못지않았다.

준섭은 이순의 보드랍고 차진 살결이 좋았다. 이불 속에서 꼭 안고 있으면 터질까봐 걱정도 됐다. 도드라진 젖꼭지의 노르스름한 돌기 젖무덤의 보랏빛 꽃받침, 만지는 것만으로도 흥분되었다. 이순은 준섭의 품이 좋았고 그 손길에 자신을 맡겼다. 둘은 사랑을 나누었고 새벽은 푸르스름하게 빛살을 열고 새벽닭이 울었다. 을유년 닭띠해도 3월을 보름이나 보내고 있었다.

이순이의 헛구역질을 눈치 챈 건 양주할머니였다.

"좋은 소식 있나봐. 삼신할머니가 점지하신 것 같아."

눈치 빠른 칠복이 형제가 이순이가 아무리 말려도 부엌에 드나들었다.

"된장찌개 잘 끓여요. 남자가 부엌에 드나들면 부자 돼요. 보리쌀 삶아서 소쿠리에 담아 놨어요."

살갑게 몸 무거운 이순을 도왔다. 영희도 부엌을 기웃거리며 말을 걸었다. 넉넉하게 끓인 찌개를 나누기도 했다.

어느 날 영희가 울면서 집에서 뛰쳐나올 때까지 이 골목의 평화는 잔잔한 수평선이었다. 다나까가 쉰소리로 영희를 쫓아 나왔다. 이미 몇 대 맞은 모양인 영희는 양주할머니 집으로 들어갔다.

"내가 출장만 가면 집에 있던 사케가 하나둘 없어지더라구. 네가 혼자 그렇게 많이 마시진 않았을 거야. 말해 봐."

일본인이라 조선인들 앞에서 화를 누르며 말하고 있었지만 오래전부터 낌새를 눈치 채고 있었다는 것을 알렸다.

양주할머니는 영희에게 또 부탁했다.

"우리 손자 태릉훈련장에서 나무총으로 훈련받고 일본으로 갔다는데 다나까 상한테 알아봐 달라고 해봐."

"깍쟁이에요. 부탁해도 소용없어요. 요즘 돈도 조금밖에 안 줘요."

칠복이는 영희 곁을 맴돌다 아무 일 아닌 듯 공장으로 들어갔다.

준섭은 이순의 세 번째 임신이 너무도 소중했다. 이순의 배를 어루만졌다,

"아들아 잘 있다 나오렴, 씩씩한 아들아."

이순도 아이 둘을 잃고 나서 들어선 이 아이가 더없이 소중했다. 그러나 준섭처럼 아들아 이렇게는 말해지지 않았다.

"아가야, 건강하게 잘 있다 나오렴. 추운 겨울에 만나겠구나."

이순도 준섭도 지곡리 가서 몸을 풀 생각은 안 했다. 첫아들을 잃은 기억이 아파서 어머니를 경성으로 모셔오면 모를까. 하긴 어머니가 안 계시면 네 명의 남동생 밥은 누가 할까.

이순은 양주할머니를 떠올렸다. 준섭은 영자 누이를 만나보기로 했다. 간호학원에 다닌다는 얘기를 들은 지가 한참 됐는데 이순이 애기 낳을 때 도와줄 수 있는지 알아보기로 했다.

어린 시절 아래윗집에 살던 사촌 누이의 결혼에 대해 굳

이 잘못된 결혼은 아니라고 생각했다. 매형 신정식이 간호학원 가겠다는 영자에게 여자가 집에서 살림이나 하지 무슨 간호원이냐고 거절하지 않고 학비를 대 준 따스한 마음이면 됐지. 준섭은 이순이 만약 간호학원에 가겠다면 어떻게 말했을까. 생각해보니 누가 밥하고 빨래하느냐고 안 된다고 말했을 거다. 이순이 한글을 모르는 게 다행이다 싶었다. 가끔 신문사 가지고 들어오면 깊은 호기심을 보이고 글자도 얼추 알아맞히는 걸 보면 영리하긴 하다고 생각했다.

늦봄 뒤란 텃밭에는 고추가 흰 꽃을, 가지가 보라 꽃을, 쑥갓이 노란 꽃을, 자주콩이 자주 꽃을 피웠다. 나비들이 분주하게 날아 들었다. 칠복이 부엌 뒷문을 열자 나비 한 마리가 날아들었다 다시 밭으로 날아갔다.

칠복은 영희의 임신이 불안하고 궁금했다. 모기가 유난히 많은 여름 이른 저녁 등목을 하고 방에 들어온 준섭은 이순에게 칠복이하고 영희가 가까운지 물었다.

"나 안 잤어, 다나까하고 안 잤어."

영희의 목소리가 들렸다.

더위가 질주하는 기차처럼 몰려왔다. 광목 치마저고리를 벗고 입은 베적삼도 더위를 몰아내지는 못했다.

"형 경성일보 봤어? 어제는 매일신보에 기사가 났어. 미국이 사막에서 원자폭탄 실험을 했대. 폭탄 맞은 사람 다 죽고 밖에서 그 빛 쬔 사람 다 죽고 집 안에 있는 사람 숨 막혀 죽고. 세상이 다 파괴되는 어마어마한 폭탄이야. 일본 놈들 항복 안 하면 한 방 맞을 걸."

"영섭아 집에 있어라. 돌아다니다가 저놈들한테 잡혀갈라. 넌 한번 갔다와서 요시찰 인물일 거야. 칠복이한테 방직하는 거 배워라."

"형. 어제 친구들 만났는데 일본 놈들이 지는 거 같대. 집에 있는 놋그릇 다 걷어 갔잖아. 대야, 숟가락, 무기 만들 때 쓸 만한 거 다 걷어 가는 건 밀리기 때문이라고."

"이상한 낌새가 있기는 있어. 넌 조심해야 돼. 막바지에 무슨 짓을 할지 몰라, 미국이 어떤 나라라고 일본 놈들이 하와이 진주만에 있는 미국 군함을 겁 없이 때리더라."

김종만이 창씨개명 했을 때도 청운동 세배 다녀와서도 일본에 대해 적개심이 드러나는 표현을 삼가던 준섭이 일본 놈들이라고 불렀다. 아버지, 아내, 동생, 가족들이 무사하도록 지키는 일은 장남인 자신의 책임이라는 확고한 생각 때문에 일본에게 분통을 터트리는 말을 참고 있었다. 지금은 갑자기 툭 터져 나왔다.

"형, 조심해. 나야 저놈들이 찍어 논 인물이고 형은 작은아 버지 덕에 지금까지 잘 버티고 있는데 실수하지 마."

영섭이 더 놀라서 말했다.

무더위에 바지가 종아리에 감겼다. 유난히 땀이 많은 준섭 의 모시 남방 앞섶이 도르르 말렸다. 금강양행 이 사장은 키 가 유난히 작았다. 기왓장으로 닦아 논 놋대접같이 얼굴엔 윤기가 흘렀다. 50 넘은 그는 열심히 사는 준섭이 기특했다.

"준섭이, 이번 들어온 물감 써 봐. 색이 말간 게 천에 염색 하면 가을 하늘같이 깨끗하게 나온다고. 값은 좀 있어도 더 받는 데 문제없어. 저기 만리동 최 씨가 써 보고 아주 그만이 래."

"네, 스카이 색이 떨어져서 사려는 참인데 좀 줘 보세요. 장사 잘되세요?"

"뭔지 뒤숭숭해. 사람들이 더워서 그런지 시장에 잘 안 나 와. 우리야 둬도 썩지 않는 물건이니 오늘 안 팔리면 내일 팔 면 되지만 저 길 건너에 생선가게들은 저녁이면 냄새나서 버 리기 바쁘다구. 그 모시적삼 시원하겠네."

이 사장은 한 손으로는 부채질을 열심히 하며 다른 한 손 으로는 날아드는 파리를 쫓기 바빴다.

"생선가게 들렀다 날아오는 파리는 배부른데도 덤빈다구. 이것도 냄새를 낸다니까. 에이."

탁하고 파리채로 파리를 잡았다.

서울 종로가 고향인 이 사장은 물려받은 토지가 있어 부자였다. 일본에 공부하러 갔다가 공부가 싫어 곧바로 돌아와 남대문 근처에 가게를 여러 개 사서 세놓고 하나는 염료상을 운영하고 있었다,

"낌새가 이상하지? 일본 것들 뭔지 분위기가 기우는 것 같은데, 조심해. 색시, 살림 잘해? 모시 남방 입혀서 신랑을 내보내는 걸 보니 살뜰한 색시가 틀림없어. 내 말이 맞지? 하하."

놀리는 말이었지만 부자로 큰 이 사장은 모시 남방을 알아봤다. 아침에 준섭이 늘 입던 베 남방을 입으니까 큰 시장 가는데 모시를 입으라고 이순이 권했다.

"모시는 손질하기 어려우니 어제 입었던 베 남방을 며칠 더 입을게."

"조금 애쓰면 되는데 걱정하지 마세요. 집에서 밥 먹고 하는 일이 그런 거죠."

집 나올 때 이순과 주고받은 말이 생각났다. 이 사장의 칭찬에 이순의 말 듣기를 잘했구나 생각했다.

영섭이 놀라서 뛰어 들어왔다.

"형. 들었어? 일본 망했어. 미국이 히로시마에 원자폭탄 떨어뜨렸대. 빛만 봐도 빛만 쐬도 죽는데 사람 많이 사는 도시에 핵폭탄을 떨어트렸으니 항복할래, 다 죽을래, 한 거야. 야, 신난다. 일본 놈들 까불다 망했다 망했어."

"어디서 들었니. 사실이니?"

"미국에서 하는 라디오에서 나왔어. 여기 경성방송국에서는 아직 안 나오고 있어."

8월 6일 영섭이 흥분해서 히로시마 원자탄 투하 얘기를 한 이틀 뒤 8월 8일 나가사키에 원자탄이 떨어졌다는 뉴스가 나왔다. 히로시마의 참상은 지진 난 것보다 더 무서운 파괴였다고 방송은 말하고 있었다.

준섭은 작은아버지 김종만을 찾아갔다. 어두운 얼굴의 김종만은 어떻게 될지 모를 황당한 일이 벌어졌다고 양복저고리도 벗지 않은 채 손안에 호두를 비벼대며 딱딱 소리를 냈다. 늘 자신감이 넘쳐나던 김종만이 아니었다.

"준섭아. 미국이 해보자는 건데, 본토 히로시마 폭격도 참을 수 없었는데 이틀 뒤 나가사키까지 원자탄으로 또 때려. 지도에서 대일본제국을 지워 버릴 작정인 거지."

횡설수설 김종만은 극도로 불안해 보였다. 호두 비벼대며

내는 소리가 더 크게 딱 따악 울렸다.

"무서운 놈들, 나쁜 놈들, 나쁜 놈들."

"작은아버지 누구요? 누가 무서운 놈이에요?"

김종만은 독일 포츠담에서 미국 트루먼 대통령, 영국 처칠 총리인가 애틀리 총리인가, 소련 스탈린이 회담을 해서 일본에게 무조건 항복하라고 요구한 게 7월 26일이었는데 극도의 보안 사항이라 조용히 있었다. 정부도 아무런 지시가 없었다. 무슨 대책이 있겠지, 쉽게 물러날 대일본이 아니라고 평상심을 유지한 가운데 원자탄 소식을 들었다.

김종만은 은행에 출근해서 본국의 지시가 무조건 항복인지 버티긴지 기다렸다. 라디오 방송에선 신이라 생각했던 덴노라는 히로히도 왕의 목소리가 나왔다. 잘 들리지 않았다. 잡음이 섞인 작은 소리였지만 일본이 무조건 항복한다는 뜻은 충분히 알아들을 수 있었다. 불안과 무기력이 김종만을 엄습했다. 종로통을 메운 사람들, 광화문 거리를 가득 채운 사람들, 만세, 대한독립만세를 외치는 사람들의 소리가 청운동 김종만의 집에서도 크게 들렸다.

칠복과 만복은 경성 거리로 나가 무작정 전차를 타고 사람들과 함께 외쳤다. 대한독립만세. 태극기가 없어 염색 물감

을 찍어서 일장기에 파란 색을 그려넣었다. 최소한 빨간 일
장기가 사라지도록 그려넣었다.

영섭은 의기양양했다.

"남대문에서 동대문까지 친구들하고 만세 부르면서 뛰어
왔어. 사람들이 엄청나게 많이 쏟아져 나왔어. 형수, 형수도
나와서 만세 불러. 경성이 뭐야. 한양으로 바꿔야지. 우리의
한양."

헉헉거리며 다시 뛰어나갔다. 칠복과 같이 나간 준섭을 기
다리던 이순은 영희는 어떻게 하나 걱정이 됐다. 일본인들은
순식간에 자취를 감췄다. 겨울이 오기 전 땅속으로 순식간에
사라지는 뱀처럼 게다소리도 기모노도 보이지 않았다.

오장동 골목에 겨울이 닥쳐왔다. 이순의 산달이 다가왔다.
준섭은 영자 누이가 산파 개업을 한 걸 보고 안심하고 있었다.

양주할머니는 드디어 손자가 돌아오게 됐다고 입고 있던
몸뻬를 벗어 던지고 집안 청소를 했다. 칠복 형제는 방적 일
이 많아질 거라고 좋아했다. 일제 강점기에 입었던 국민복
몸뻬를 벗고 우리 치마저고리를 입는 사람들이 늘기 시작했
다. 또 미군 부대에서 나오는 옷들도 간간히 눈에 띄었다. 흰
옷은 간수하기도 빨래하기도 다듬이질하기도 어려우니 물들

여 입었다. 거리는 조금씩 색을 칠하고 있었다. 세상은 그렇게 변하고 있었다.

영희는 부산 출장 간 다나까가 배 타고 곧장 일본으로 갔을 거라고 얘기했다. 깊숙이 뒀던 작은 가방이 어느새 없어졌다고 쓴 웃음을 지었다. 칠복은 영희가 사는 집으로 짐을 옮겼다. 석 달 후 영희는 아들을 낳았다. 칠복은 아기가 자기를 닮은 것 같다고 생각했다. 가족이 생긴 것만으로도 좋았다. 하지만 준섭은 칠복이 영희와 같이 사는 걸 이해하지 못했다. 더구나 왜 그런 애들에게 아들이 점지 되는지 화가 났다.

"아니, 일본 놈 첩살이하던 년을 끼고 살고 애까지 낳아. 누구 자식인지 누구 핏줄인지 어떻게 알고. 참."

영섭은 친구들을 만나고 들어와서 신이 나서 떠들었다.

"일본 놈들 언제 그랬냐는 듯이 맥아더 사령관에 고분고분하기가 집에서 키우던 똥강아지보다 더하다고. 우리는 언제 나라 만들지. 작은아버지는 어떻게 됐어? 알아봤수? 미국에서 이승만 박사가 귀국했다는 뉴스가 방송에서 신문에서 나왔으니 곧 우리나라가 만들어지는 거야. 일본 놈들 다 쫓겨 가는 거야."

이순은 태어날 아기 옷을 바느질로 지어 놨다가 빤 뒤 손으로 탁탁 두드려 곱게 개어 놓았다. 겨울 배내옷이라 융으로 만들었다. 어머니가 배내옷을 깨끗이 손질해서 두었다가 동생들 태어나면 입혔던 게 생각났다. 알뜰한 어머니가 산간 하러 못 오는 마음이 어떨까. 시집오니 부모 생각이 깊어졌다.

섣달에 이순은 딸을 낳았다. 사촌 시누 산파 영자의 도움으로 순산했다. 영자는 두 아이의 엄마였다. 준섭은 딸이라는 영자의 말에 놀라서 말했다.

"아들 아니고? 누이 잘못 본 거 아냐?"

첫아들을 잃고 둘째는 유산되고 세 번째 이 아이가 당연히 아들이라고 믿고 있던 준섭은 어안이 벙벙했다.

"딸이 얼마나 예쁜데. 올케 닮았으면 고울 거야."

이순은 혼곤한 잠속에서 새로운 태양이 아기를 비치는 걸 알았다. 아주 작은, 아주 작은 아기는 꼬물거렸다. 양주할머니가 미역국을 끓여서 냄비째 들고 왔다.

"고생했지. 엄마 되는 게 쉬운 게 아냐. 난 4남매 뒀는데 큰아이가 사고를 당해서 손자를 할미가 기르고 있지. 해방됐으니 돌아오겠지. 아유, 내 정신 좀 봐. 여기 미역국. 부정 탈까봐 옷 갈아입고 왔어. 어디 보자. 에미 닮아서 이쁘게 생겼네. 이 코 오똑한 거 하며. 이삼일 지나면 눈 뜰 테지. 국물

을 많이 먹어. 훌훌 마셔. 그래야 젖이 잘 나오지. 젖이 너무
차지면 애기가 똥을 잘 못 눠."

"네. 고맙습니다."

이순은 가슴이 찌릿하면서 부풀어 올랐다.

"올케, 젖가슴을 문질러서 풀어 줘야 돼. 멍울지면 풀기 어
렵고 무척 아파. 젖도 잘 안 나고."

광복이 되자 박승기는 추수 타작이 한참인 서당 친구 김종
구를 찾아왔다.

"자네가 보내 준 쌀가마니 덕에 해방이 됐네."

해마다 타작 끝내고 보내주는 쌀가마니에 대해 박승기는
한 번도 고맙다는 말을 안 했다. 논 팔아 독립자금으로 몰래
보내면서 박승기는 살기가 궁핍해졌다. 김종구가 보내주는
쌀이 아니었으면 자식들 배곯을 뻔했다.

김종구는 그래도 미안하기만 했다. 아내 정 씨의 산기를
핑계로 그날 기미년 경성 탑골공원에 가기로 한 약속을 어긴
게 늘 마음에 남아 있었다. 아내의 진통 때문이 아니고 동생
김종만이 조선 총독부 국장의 사위고 조선식산은행 중역인
게 꺼림칙해서였다. 얌전한 성격의 김종구는 옳은 방향이 무
엇인지는 알고 있었다.

김종구의 후처 남양댁은 중얼거리는 증세가 더 심해졌다. 한약도 효과가 없었다. 잠만 자고 일어나 대문 열고 밖으로 나갔다. 그날도 우물가 은행나무를 다람쥐처럼 타고 올라갔다. 우물가에서 빨래하고 저녁 준비하던 마을 아낙들이 놀라서 말려도 그 힘을 당할 재간이 없었다.

그날은 치마를 벗어 버리고 속바지 차림으로 은행나무를 타고 올라갔다. 노란 은행나무 단풍잎이 다 떨어져 내린 우물가는 이불을 깔아 놓은 듯 푹신해 보이고 은행의 구린내가 마을 전체에 퍼졌다. 저녁노을이 토마토 으깨놓은 것처럼 붉었다. 붉은색 노을, 노란 구름이 섞여서 혼인할 때 입었던 녹의홍상이 되었다.

노을은 더 붉게 타올랐다. 남양댁은 그 구름 속에 사모관대 쓴 남편을 보았다. 넘어가는 태양은 터질 듯 작열했다. 남편이 사랑해주던 그 순간처럼 폭발했다.

"아, 이불이 좋아. 솜이불이 좋아."

남양댁이 스스로 몸을 날렸다.

준섭은 혼자된 아버지 농사를 돕고 자주 뵙기 위해 수원읍으로 이사 가기로 했다. 지금 살고 있는 이 일본 집은 해방되면서 적군의 소유인 집이라 어떻게 될지 아무도 모르는 불안한 상태였다. 패망한 일본인들은 패물, 옷가지, 가재도구들을 내다 팔기 시작했다. 직조는 그전 같지 않았다. 기계 하나는 놀리고 있었다.

방긋거리는 희서를 보면 아들 아니라 서운했던 감정은 사라졌다. 그래도 기왕이면 뭐하나 달고 나오지, 준섭이 중얼거렸다. 칠복이가 아들 안고서 마당으로 나오면 둘째로 아들 낳을 거라고 생각했다. 제사상 차릴 상제 없이 절손 되는 건 준섭으로선 상상조차 할 수 없는 일이었다.

임신 세 번째 만에 낳은 희서가 이순은 너무도 소중했다. 자신보다 더 귀중했다. 예뻐하면서도 칠복이 갓난 아들을 보면 왠지 시무룩해지는 준섭을 보면서 쌀독을 바가지로 긁어 쌀을 불렸다. 불린 쌀을 돌절구에 찧었다. 희서 백일잔치를 위해 백설기를 쪘다.

어머니 최 씨가 생각났다. 경성까지 시집와서 마음대로 만나지도 못하고 혼자된 어머니를 도와드리지도 못하고 남동생들도 만나지 못하니 불효막심이다. 준섭의 말대로 수원읍으로 이사 가면 자주 오갈 수 있으니 얼마나 좋은가.

백설기, 김치, 미역국, 숙주나물, 말려 뒀던 가지를 불려서 만든 가지나물…… 백일상은 점심에 차렸다.

양주할머니가 바느질통에 있던 실타래를 가져왔다. 칠복

이는 영희와 같이 아들을 안고 연필 몇 자루를 상에 놓았다. 준섭은 돈을 놓았다. 이순은 공책을 놓았다. 자기처럼 글 모르는 여자가 아니고 공부 많이 하는 똑똑한 여자가 되기를 빌었다.

백일잔치는 돌잡이처럼 대우 받은 희서가 준섭의 품에서 상을 휘젓는 것으로 끝났다. 모두 이 오장동 골목을 떠나게 된다는 것을 알고 있었다.

남양댁 장례 치르고 수원 친구 만나고 온다던 영섭이 며칠 만에 들어왔다.

"희서야 삼촌이야. 이 눈 좀 봐. 샛별처럼 반짝거리네. 똑똑하게 생겼다. 예쁜 건 형수님 닮아서 당연하지."

영섭이 편안한 얼굴로 너스레를 떠는 건 오랜만이었다.

"형. 나 미군 부대 다니기로 했어. 송탄에 있는 부댄데 기차 타고 출퇴근 하면 돼. 안 되면 수원에 방 하나 얻어 자취하면 돼. 하우스보이라고 하지만 부대 다니면 영어도 배우고 부대에서 미국 고기도 먹고 괜찮을 거야."

중퇴한 대학에서 배운 영어가 도움이 됐다고 말했다.

평양친구 민철과 평양 가볼까 하던 차에 남양댁이 사망하자 준섭과 장례를 치르고 혼자된 아버지 김종구 곁을 영섭이 얼마간이라도 지키고 있었다. 장례식에서 맞닥트린 작은아버지 김종만도 그러기를 원했다.

"학교도 제적되고 앞으로 뭐해 먹고 살래? 아버지 도와 농사 짓지."

"일본이 망해서 작은아버지는 어떻게 하세요? 숙모님은 건강하시죠?"

"경성, 아니 서울에 있는 거 대강 정리되면 일본으로 건너갈까 한다."

미 군정청은 9월 18일에 군정법령으로 일본이 불렀던 경성 대신 도시이름을 서울로 한다고 발표했다. 미 군정청 움직임에 극도로 예민한 김종만은 며칠 전 발표된 서울이라는 이름을 알고 있었다.

"작은아버지, 한양이 아니고 서울이요? 그럼 경성은 없어지는 거네요."

"그렇단다. 한양은 옛날 왕조시대 이름이니 제치고 경성이야 일제가 식민지로 한 이름이니 당연히 제끼고. 한양에 도읍을 정할 때 무학대사가 겨울 산에 올라가 내려다보니 지금 경복궁 주변에 많은 눈이 쌓여 울타리만 뾰족이 나와 있었단다. 그래서 눈 설 자에 무성할 울 '설 울'에서 부르기 쉬운 서울로 자연스럽게 변화 됐다는 얘기와 신라시대는 경주를 서라벌이라고 임금님 계신 곳을 그렇게 불렀는데 서벌로 갔다가 서울로 정해졌다는 얘기도 있단다."

영섭은 작은아버지 김종만이 고등문관시험에 합격하고 그 능력 덕에 일제 강점기 잘 살았는데 그 머리가 아깝다는 생각이 들었다.

미 군정은 9월 9일 조선총독부에서 일본으로부터 전쟁에 졌다는 항복문서에 서명을 받았다. 영섭은 이제 진짜 살았다며 한숨을 길게 내쉬었다.

뒤숭숭한 가운데 언제나처럼 출근해 근무하던 김종만은 항복문서에 일본이 서명했다는 뉴스를 들었다. 새 나라에서도 은행은 필요할 텐데. 머리가 복잡했다. 더 늦기 전에 일본으로 가야 되나 고민이었다. 하지만 폭격으로 파손된 배가 많아서 일본으로 탈출도 어려워 비싼 비용의 밀항선을 알아봐야 한다는 얘기를 들었다.

일본 외무성에서는 조선 총독부에 일본 본국도 폭격으로 다 무너졌으니 한반도에 거주하는 일본인의 재산을 보호하고 일본인이 한반도에 그대로 눌러 앉아 살 방안을 마련하라는 지시를 내렸다. 김종만은 어떻게 일본인의 재산을 보호하고 이 땅에 눌러 산다는 말인지, 일본이 망한 거는 확실하다고 생각했다.

1946년 9월 18일

서울시 헌장 1장 1조는 서울자유특별시로 한다.

나중에 이를 읽어 본 영섭은 작은아버지 김종만이 서울에 남아 있을 방법을 알아보고 있을 거라고 생각했다. 미군과 처절하고 잔인하게 싸웠던 일본인들은 언제 그런 적이 있었냐는 듯 유순하고 순종적으로 한순간 바뀌었다. 막 대하던 조선 사람들에게 존칭을 붙이기도 하고 극도로 조심했다. 일본인들도 전쟁의 공포로부터 풀려났다는 안도감도 있는 것 같았다.

금강양행 이 사장은 시장에 물건을 내오고 잠시 들른 준섭에게 아직 안정되기엔 시간이 필요하다고 말했다.

"일본이 큰 전쟁에서 졌지만 저 인간들 만만한 인간들 아냐. 내 일본 친구가 어제 왔어. 일본으로 들어간다고 인사하러 온 거야. 그 친구가 '일본 사람들 지금 구부리고 있지만 속이 단단한 민족입니다. 우리는 밀가루 같아서 잘 뭉칩니다. 조선 사람들 나라 뺏겨서 억울하다고 하지만 일본이 조선에게 좋은 일도 많이 했지요. 기계 다루는 법, 은행이 중요한 것, 철도 놔줘서 전국을 빨리 다니게 한 것, 다 나쁘다고 말하지 말았으면 좋겠어요.' 이러더라구. 일본에서 공부할 때 같은 반 친구니까 망해서 가면서 나한테 속마음을 터놓고 얘기하는데 섬뜩하더라고."

준섭은 수원으로 이사 갈 이유가 하나 더 생겼다. 영섭이 송탄 미군 부대에 하우스보이로 취직했다니 데리고 있어야 하고 영섭이 장가보내는 건 맏이인 자기의 책임이라고 늘 생각했는데 그 시기가 가까워 오고 있었다. 사랑채에 방 두어 개 있는 집이면 영섭과 같이 살 수 있겠다고 생각했다.

영자의 시삼촌 신무용이 신풍리에 쌈직한 집들이 몇 채 있다고 해서 신풍 공립국민학교 문 앞에서 만났다. 학교는 넓은 운동장 한쪽에 화성궁궐의 한 부분 화령전을 포함한 커다란 2층 건물이었다. 넓은 운동장 한가운데 느티나무로 보이는 고목 한 그루가 버티고 있었다.

"이 학교가 오래된 국민학교야. 나도 신풍 졸업생이지. 기미 만세 훨씬 전에 세워진 학교야. 애기들 다니면 얼마나 좋아. 걸어서 금방이지. 사도세자 아드님 정조대왕이 얼마나 효심이 깊어. 뒤주에서 아버지 돌아가시고 홀로되신 어머니가 얼마나 원통했겠어. 시아버지 영조대왕이 아드님 이산을 임금으로 만드는 걸 지켜보고 아드님 이산이 돌아간 아버지 때문에 괴로울 테니 어머니로서 지켜주기 위해서지. 아버지가 정신병에 걸려 날뛰니 할아버지 영조대왕이 뒤주에 가둬 정신 차리라 했지만 결국 거기서 돌아갔잖아. 이걸 다 겪은 정조대왕의 어머니를 향한 효심은 지극했지. 혜경궁 홍 씨는 한중록이라고 책도 쓰셨지. 어머니를 향한 효성이 지극했지."

"이런 역사를 어떻게 다 아세요?"

"수원 사는 사람들은 이 정도는 다 알지. 화성궁을 지어서 아버지 모신 융릉에 가다가 쉬고 나중에는 조정을 옮길까도 생각했다잖아. 정조대왕이 얼마나 애달프고 효성이 극진했는지 아버지 묘 융릉을 지킬 절인 용주사를 지었는데 대궐에서 나서서 지으니까 200일밖에 안 걸렸대."

"소설 같은 얘긴데 수원 오니까 실감이 되네요. 저기 신풍국민학교 서쪽에 있는 궁궐이 화성궁 일부분이라는 거죠. 학교가 궁의 일분가, 궁이 학교의 일분가."

"정조대왕이 돌아가시자 아버지 사도세자 옆에 모시고 건릉이라고 했지. 지금은 합해서 융건릉이지. 사람들은 용주사가 먼저 생기고 융릉 건릉이 나중에 모신 걸로 아는데 아니지."

신풍 공립국민학교 운동장을 걸으면서 신무용의 설명은 팔달산에 그늘이 들 때까지 이어졌다. 준섭은 자기도 모르게 신풍동에 집을 사는 걸로 결정하고 있었다. 흙냄새가 향기로운 운동장을 나왔다.

"어르신 이 동네에 살면 아이들이 올바르게 자랄 것 같네요. 영자 누이가 산파해줘서 전 딸아이 하나 뒀습니다."

"내 조카가 다리를 절어서 그렇지 사람은 된 사람이지. 조카며느리도 바지런하게 학원 다니고 해서 간호원 됐으니 살만 하지. 속여서 결혼한 것은 아닌데 어쨌든 좀 미안하지. 아이 둘 낳고 잘 살면 됐지."

신무용은 습관인 듯 모자를 벗어 손에 들고 부채처럼 얼굴에 바람을 부쳤다.

"이 기와집은 지은 지 100년 정도 됐지. 아들이 서울에서 경무대 다닌다고 대통령 모신다고 이사 간다고 파는데 집은 단단하게 지었지. 기와는 가끔 깨진 게 나오면 한두 장 갈면 되니까 초가집처럼 한두 해 마다 갈지 않아도 되지."

"네. 기와집이 좋지만 초가집도 익숙해서 좋아요. 또 돈도 부족하구요."

"그래. 이쪽 길로 좀 올라가면 서문이야, 화서문. 저기 보이지 화서문 옆에 붙어 있는 망루같이 높은 문은 화서문이 아니고 적이 쳐들어올 때 위에서 내려다보며 적의 동향을 살피는 공심돈인데 이건 서북공심돈이지. 얼마나 멋있어. 이런 동네에 살아야 자식들이 저절로 잘된다고."

"참 아름다운 수원이군요. 어느 집인가요?"

"아 이 골목으로. 이런 거 다 정조대왕께서 지으시면서 화서문, 팔달문, 창룡문, 장안문을 지어서 성곽을 만드신 거지. 궁궐도 짓고 얼마나 대단한 임금님이야. 아 방화수류정, 화홍문은 꼭 가봐야 돼. 물줄기가 일곱 개 입에서 쏟아지는데 그 아래서 빨래들 하고 경치 좋지."

신무용은 전투의 무용담을 펼치는 장군같이 정조대왕에 대한 존경을 바치느라 집 보여주는 걸 깜박했다.

"아, 이 골목이 아니군. 저쪽이야 저기 작은 기와집. 기와집이라도 사돈 가진 돈이면 살 수 있어. 작지만 단단하고 아담하지. 식구가 늘어 집을 넓혀 간다구 파는 거야. 잘돼서 파는 집이 재수도 좋지."

준섭도 마음에 들었다. 주인이 들어와서 보라고 해서 집 구경을 했다. 영섭까지 데리고 살기엔 작았다. 방이 세 개는 돼야 하는데 방이 두 개뿐이었다.

"자 이번엔 초가집 볼까. 대개 다 초가집이지. 우리 집은 장안동인데 신풍동에서 북쪽으로 큰길 건너면 장안동이지. 이집은 방이 여섯 개고 텃밭이 달려 있지."

소개받은 초가집을 보자 준섭은 고향집에서 사다리 타고

지붕에 올라가서 박도 따고 지붕 이영을 갈던 때가 떠올랐다. 초가지붕 처마 밑에 겨울이면 참새가 집을 짓고 봄이면 제비가 석가래 틈에 집을 지어 알을 낳고, 새끼가 알에서 나오면 벌레 물어와 새끼부리에 넣어 주는 다정한 모습이 떠올랐다. 일찍 돌아간 어머니가 그립던 시절이었다. 이 집에서 아들 낳으면 앞마당에서 팽이치기도 하고 제기차기도 할 수 있겠다. 준섭의 그림 속엔 아들이 늘 같이 있었다.

텃밭 둘레에 있는 감나무 세 그루는 북쪽 울타리였다. 많이 열리면 따서 곶감도 만들고 몇 개는 감나무에 그냥 둬서 눈 내릴 때 이순과 함께 추운 겨울밤에 먹으면 좋을 거라 생각했다. 가운데 감나무는 너무 커서 그늘이 밭농사를 망치진 않을까 벌써 이 집을 소유한 주인처럼 걱정도 했다.

키 큰 참죽나무 몇 그루가 서쪽 울타리에 병정처럼 서 있었다. 오후의 뜨거운 햇볕이 안방 창문을 들어가지 못하게 막아 줄 거라고 영자 시삼촌 신무용이 말했다. 이 동네에 누대에 걸쳐 살아서 집의 내력도 알고, 파는 사람에 대해서도 잘 알고 있었다.

이사 나간 집은 비어 있었다. 집주인이 교사인데 안성으로 발령 나서 이사를 먼저 갔고. 팔릴 동안 자기가 봐주고 있다고 말했다.

집을 보러 들어갔던 신풍 공립국민학교 옆 골목길 말고 좀 넓은 길을 알려 주겠다고 학교 뒤쪽 서문이 가까운 길로 안내했다. 구루마가 간신히 다닐 정도의 길이었다. 이삿짐을 구루마로 옮길 생각이었으니 다행이었다.

큰길로 나가는 모퉁이에 어느 집과 다른 분위를 풍기는 집이 있었다.

"이 집은 아주 큰데요. 특별해 보이네요."

준섭이 물었다.

"아, 그 집. 그 유명한 나혜석 본가지. 수원읍 신풍리 45번지. 부친 나기정 씨는 용인 군수도 지낸 분이지. 경성에서 그림 전시회 할 때 구경꾼이 어마어마했다는데 여기 수원군 남수리 포교당에서 그림전 할 때도 사람들 무척 많았지. 붓으로 그리는 사군자가 아니고 일본 유학 가서 배운 서양 그림이라는데 난 가보지 않아서 잘 몰라."

"네. 남편하고 이혼하고 수덕사인가 절로 들어갔다는 얘기를 오래전에 들었는데 이 집은 부모가 사시는 집인가 보군요."

신무용은 준섭이 나혜석에 대해서 아는 척하자 말을 보탰다.

"여자는 밖으로 돌리면 끝내 탈이 난다고. 일본 유학만 안 보냈어도 부잣집 마님으로 떵떵거리고 살 텐데. 지금 죽었는지 살았는지 어느 귀신이 물어 갔는지."

준섭은 딸 희서를 소학교만 졸업시키나 중학교를 보내나 이제 열 달밖에 안 된 딸에 대해 걱정이 몰려왔다.

겨울 해는 짧았다. 신풍리 초가집을 사기로 하고 올라오는 버스는 내리는 눈 때문에 안양쯤에서 진흙탕에 멈췄다. 버스 승객들 모두 내려서 서울을 향해서 걸었다. 밤 10시 지나 오장동에 도착한 준섭은 젖은 옷과 구두를 벗어 말리며 이순에게 텃밭 달린 집을 사기로 했다고 말했다.

"희서 아버지 힘들죠. 저녁상 차릴게요. 새우젓찌개 했어요."

"당신 밭농사 잘 지을 집이야. 가을에 연시 따서 희서 멕이고, 아들 낳으면 앞마당에서 팽이치기도 하고. 난 제기차기 왕이었어, 고향에서."

김장김치와 새우젓찌개, 새로 지은 보리밥에는 쌀이 좀 더 들어 있었다.

희서의 돌은 이사준비로 분주해서 미역국 한 그릇 끓이는 걸로 대신했다. 설을 지나 이사날짜를 잡았는데, 한참 남은 것 같았는데 어느새 이삿날이 다가왔다. 이사를 도우러 영섭이 와서 새로운 직장에 대해 한참을 떠들었다. 낯선 사람, 낯선 나라, 음식 얘기, 세상 얘기를 한참 풀었다.

"난 미군 부대 다니는 거 아주 좋아. 손짓 발짓 다 통하더라고요. 희서 초콜렛 갖다 줄게. 내 방도 있는 거지, 형."

이삿짐은 이불 보퉁이가 제일 큰 짐이었다. 양재기 몇 개, 사발 몇 개, 된장, 고추장 작은 항아리 등 살림살이를 구루마에 실었다. 이순이 희서를 안고 짐 옆에 타고 준섭과 영섭이 교대로 끌고 새 집으로 향했다. 물론 가장 중요한 물감상자들은 가운데 놓고 꽁꽁 새끼줄로 묶었다.

깡통에 들어 있는 물감은 스물한 통이었다. 색이 다 다르고 염색할 때 빨리 물들이려면 식초를, 천천히 물들이려면 소금을 넣는 걸 준섭은 잊지 않았다. 천에 따라 다르지만 어떤 옷은 백반을 조금 넣어서 삶아서 염색하기도 한다.

둥근 물감통이 가득 들어 있는 네모난 상자는 두 개였다. 준섭의 양팔 길이만큼 큰 상자는 준섭, 이순, 희서의 새로운 희망이 될지 준섭은 두근거렸다.

해방 후 일본인들의 집은 적산가옥이라 어떻게 처리 할지 방향이 잡히지 않았다. 준섭은 김종만의 도움으로 살게 된 집이라 내놓게 되리라 생각했다. 이사 가는 날 양주할머니는 눈물을 훔치며 계속 울었다.

"회서 엄마 잘 살 거야. 밭 매면서 정붙이고 며느리처럼 생각했었는데 섭섭해서 어떡하누. 난 손자 돌아올지 모르니 이 집에 살 수 있을 때까지 살아야지. 손자가 와서 내가 없으면 어떡하겠어."

"양주할머니, 그럼요. 저도 의지하고 살았는데 고향 근처로 가니 가야죠. 방직공장은 안 하고 물감가게 한대요."

칠복이가 짐 보따리를 들어서 구루마에 실었다.

"형님. 나는 만복이랑 지용이 데리고 속초 가서 생선장수를 하든지 어물장수를 하든지, 산나물 장사를 하든지 고향으로 갈라구요."

칠복은 아버지를 바다에서 잃었기에 배는 타고 싶지 않았다.

"가게 이름은 칠복상회라고 하구요. 일곱 가지 복을 다 받으라고 부모가 지어준 이름, 칠복이 얼마나 좋아요. 형님 방직공장에서 일해서 번 돈 하나도 안 쓰고 모아둬서 속초 가서 가게 사고 살 집 마련하려구요. 다 형님 형수님이 먹여주고 재워 줘서 모을 수 있었어요. 고마워요."

준섭은 눈시울이 붉어졌다. 고맙다고 하는 말에 괜히 울컥했다. 지용을 안고 있던 영희가 눈을 흘기며 말했다.

"생선장수 하러 속초 가느니 여기 다른 방직공장 취직하는 게 나은데. 기술도 좋은데."

영희가 말하는 건 기계와 함께 다른 공장으로 갈 수 있는데 왜 고향이냐고, 바닷가 속초냐는 불만이었다. 그러나 영희는 더 이상 불평을 할 수 없었다. 다나까와 살림 차린 걸 뻔히 알면서도 애기 낳고 같이 사는데 무슨 트집 잡힐까봐 불안했다.

준섭은 거래하던 염료상 금강양행에 방직기계를 넘겼다. 금강양행은 다른 공장을 알아볼 수 있었고 준섭이 수원 가서 물감장사를 하면 계속 거래를 해야 하니까 친절하게 응했다.

행복

이순은 텃밭 딸린 집을 산 준섭에게 고마웠다. 반찬거리를 다 해결할 수 있을 테고 겨울 김장도 거뜬해 보였다. 김치, 배추, 무, 갓, 파 등도 이 밭이면 얼마든지 된다고 기뻐했다.

"밭이 이렇게 반듯하게 잘생기고…… 이 흙 좀 보세요. 퇴비를 넉넉히 제때에 줬나 봐요. 기름진 흙이에요. 희서 아버지 오줌도 거름이니까, 아셨죠?"

"기와집 사고 싶었는데 이만한 밭이 없더라구. 물론 돈도 부족했어. 물감가게도 장만해야 해서. 다음에 큰 기와집 사자구."

"난 초가집이 좋아요 겨울에 따뜻하잖아요. 한 번도 초가집 아닌 집에 살아본 적이 없어요. 아, 참. 오장동 일본 집은 좀 추웠죠. 진짜 우리 집은 아니었으니까."

이순이 말하는 걸 들으면 준섭의 기분은 언제나 좋아졌다. 정말 사랑스러운 여자를 아내로 맞았다는 것에 행복했다.

"시장에 나가서 가게 알아보고 저녁에 올게. 살림 정리하고 희서 보고 있어."

짐 정리 하던 영섭은 자신의 사랑채 방이 두 개라는 게 마음에 들었다.

"형수님, 방 두 개 다 써도 될까요? 방 하나는 세놓으면 셋 돈 들어오고 괜찮을 텐데요."

"형이 되련님 장가가시면 애기 생길 테니 다 쓰시라구 했어요."

"무슨 장가요, 하하."

기분 좋은 웃음이었다.

큰 시장에 원하는 가게는 준섭의 돈으로는 부족했다. 작은 가게를 사고 물감가게를 열었다. 아침저녁으로 물감통 상자

를 지고 시장에 나갔다가 저녁에 지고 집으로 왔다. 물감이
다 수입품이고 귀해서 잃어 버릴까봐 지고 다녔다.

오래된 털실 바지를 풀어서 같은 색으로 염색해 다시 조끼
나 바지 목도리를 뜨고 싶은 알뜰한 여자들이 물감가게를 드
나들었다. 낡은 흰색 바지저고리를 검정색으로 물들여 작업
복으로 쓰려는 사람들도 반가워했다. 가난한 나라의 살림을
꾸려 나가는 건 가난한 사람들의 부지런함이었다.

영섭이는 미군 친구 헨리와 가까워졌다. 한국에 대해 알고
싶으면 영섭에게 묻곤 했다.

"너의 나라는 글자도 있고 너의 나라 고유의 옷도 있는데
어쩌다 일본 식민지가 됐니?"

"나라의 윗대가리들이 정신 못 차리니까 먹혔지."

잘 안 되는 영어로 영섭은 설명을 했다. 헨리는 짐작으로
충분히 알아들었다.

둘은 부대 앞 바 〈화이트 하우스〉에서 맥주를 마시곤 했
다. 〈화이트 하우스〉에는 여자 셋이 있었다. 키가 크고 눈이
위쪽으로 찢어진 광대뼈가 나온 마리아, 코가 오뚝하고 눈이
작은 통통한 올리비아, 얼굴이 길고 늘 머리를 틀어 올리고
있는 나이 든 클라라. 한국 여자들이 미국 이름으로 불리는
게 영섭은 불편했다.

"올리비아 씨. 한국 이름이 뭐요? 나라도 우리 이름으로 부르겠소."

"여기서는 여기 식으로 부르세요. 올리비아. 오신숙이죠. 부모가 지어준 이름은."

가끔 들르던 〈화이트 하우스〉에서 영섭은 오신숙의 개인사를 들었다.

"부산 동래가 고향이지예. 한복도 잘 짓고 그림도 잘 그리고 꿈 많은 소녀였죠. 그때 일본 놈들이 처녀들을 데리고 가서 취직시킨다, 학교 보내준다, 선전하는데 마을에서도 따라간 아가 있었죠. 결혼 안 한 처녀들을 데리고 갔죠. 우리 아버지는 빨리 결혼시켜야 저놈들 계략에 놀아나지 않는다며 다른 동네 노총각한테 절 시집보냈어요. 신랑은 고주망태에다 주사가 얼마나 심한지 때리고 부수고 술만 먹으면 머리가 도는 거예요. 보통 때는 말도 잘 안 하는 숙맥이었죠. 한시도 술 없으면 지탱이 안 되니 평시라는 게 없었죠. 너무 맞아서 얼굴도 팔다리도 피멍이 들어서 장독대에 숨어 있다 도망 나왔죠. 친정으로 가면 아버지가 출가외인, 그것도 못 참고 왔다고 다시 쫓아 보낼 게 뻔하니까요. 기차 타고 올라오다가 내린 데가 송탄, 여기죠."

"아이는 없었나요?"

"네 다행히. 아가 있었으면 불쌍해서 도망치지 못했을 거예요."

영섭은 일본군 위안부로 데려가려는 술책에서 피하긴 잘 피했다고 생각했다. 그런데 지금 이 술집에서 미군에게 술 파는 건 오신숙의 인생에서 뭘까. 오신숙의 작은 눈, 가만히 있어도 눈웃음 짓는 다소곳한 얼굴이 안쓰러웠다.

준섭은 컴컴한 새벽에 일어나 지게 지고 십리길 되는 광교산 수리산으로 나무하러 다녔다. 나무 한 지게 부엌 헛간에 부리고 이순이 차려준 아침을 먹고 시장으로 장사하러 나갔다. 산에 가면 땔감이 지천인데 돈 주고 땔나무를 사다 쟁여놓는 건 헤프게 돈 쓰는 거라 아까웠다.

혼자된 아버지 김종구를 생각하면 고향으로 가서 아버지를 모시고 살아야 장남의 도린데 돈 잘 벌리는 장사를 접는 것도 쉽게 결정하기 어려웠다.

이순은 착실하고 성실한 준섭이 고마웠다. 아무 재미없게 사는 것 같아 미안하기도 했다. 담배를 피우나, 술을 마시나, 화투를 치러 다니나. 자신만이 준섭의 마음을 받들고 알아줄 사람이라고 생각했다.

텃밭은 이순이 믿는 금고였다. 오늘은 파 무침, 내일은 무국, 가지나물. 한여름 잘 익은 토마토를 설탕에 재 놓고 준섭이 들어오면 얼른 줬다. 우물가에서 등목을 하는 준섭에게 물을 조금 데워 우물물에 타서 끼얹으라고 했다.

"어, 시원하다."

베수건으로 등과 얼굴을 닦으며 방으로 들어왔다. 준섭은 돈을 아끼기 위해 점심을 굶었다. 아침을 든든하게 먹고 저녁은 보리밥 두 그릇 뚝딱 비웠다. 정성스럽게 차려준 밥상은 언제나 달콤했다. 이순은 가지를 밥 위에 찌면서 늘 신기한 생각이 들었다.

"어쩜, 보라색 가지 하얀 속살에 까만 씨들이 검정깨처럼 이렇게 촘촘히 박혀 있을까."

준섭이 좋아하는 가지는 여러 가지 방법으로 만들어 상에서 떨어지지 않게 했다. 깨소금, 참기름 아끼지 않고 간장으로 고추장으로 무쳐서 상에 올렸다. 가을빛에 말린 가지는 물에 불려 들기름에 볶아 겨울 밥상에 올렸다.

어머니가 마을 사람 편에 가게로 보내준 양념이 얼마나 고마운지. 희서가 국민학교 들어가면 한번 친정에 다녀오리라 마음먹었다.

"희서 아버지, 수원으로 이사 와서 좋아요. 지곡리에 다녀올 수도 있고 친정 동생들도 우리 집에 놀러 오라고도 할 수 있고. 당신 참 고마워요."

희서 아버지라고만 불렸는데 당신이라고 터져 나온 호칭에 이순은 귀밑까지 빨개졌다.

큰 쟁반에 밥과 반찬을 놓고 보자기로 쌓아서 머리 이고 시장 물감가게로 나갔다. 한 손으로 머리 위 쟁반을 잡고 한 손으로는 등에 업힌 세 살짜리 희서를 추스르며 준섭에게 갔다.

"아니 바람 불고 추운데 웬일이야. 희서까지 업고."

"희서 아버지 늘 점심 굶고 하루 종일 가게에 갇혀 있으니 손님 언제 오나 기다리려면 속이 든든해야죠."

"당신도 거기 앉아. 같이 먹자구. 쟁반 이고 걸어오는 것도 힘든데 희서까지 업고 참 당신. 맛있네. 저녁까지 물로 배 채우고 견뎠는데."

준섭이 먹고 난 빈 점심 쟁반을 이고 집에 들어오는 길, 이순은 진작 왜 점심 내갈 생각을 못했나, 지금부터라도 준섭을 세심히 살펴야 된다는 생각을 했다.

큰길에서 골목으로 꺾어지는 모퉁이 나혜석 생가 앞에서는 늘 조심했다. 몇몇 집이 버리는 개숫물이 도랑처럼 흐르다 겨울이면 얼기 때문이다. 눈길 아래 얼음이 박혀 있었는지 미끄러워 넘어질 뻔했다. 건너뛴다는 것이 희서 엉덩이를 바치고 머리 위 쟁반을 잡고 평형을 유지하기가 힘들었다. 발목을 삔 것 같았다. 김장준비를 해야 하는데 배추 절이는 일은 옆집 정옥 엄마에게 도와 달라고 하고 정옥네 김장할 때 가서 하면 품앗이로 제격이겠다 싶었다.

눈발이 날렸다. 입동 지난 지도 꽤 됐는데 며칠 안에 김장 해야지 생각했다. 김장할 생각하면 웃음이 나왔다. 속이 꽉 차야 고갱이도 않고 고소한 배추가 되니까 새끼로 배추를 묶어줬다. 배추의 윗부분을 묶었다. 새끼줄이 아닌 새끼를 몇 줄 뽑아 알차게 속이 꽉 찬 배추가 되게 한 걸 자랑하고 싶었다. 김장 할 날이 은근히 기다려졌다.

밭에서는 무도 실하게 자랐다. 무의 윗부분이 파르스름한 미나리 같은 색으로 연하게 싱싱함을 뽐내고 있다. 두 손으로 무청을 잡고 살짝 흔들면 성긴 흙이 자리를 내주며 쉽게 뽑힐 건데 준섭이 들어오면 무를 뽑아 싱싱함 그대로 몇 토막 내서 상에 올려야지. 밭 달린 집을 산 준섭이 한없이 고마웠다. 사랑이 넘쳐나는 것을 느꼈다. 살림하는 재미가 하나하나 쌓여 갔다.

김장을 위해서 마늘, 생강, 갓, 황석어젓, 새우젓만 시장에서 사면 됐다. 생태도 넣으면 시원할 텐데. 점심도 굶고 절약

하는 준섭에게 동태도 넣으면 좋겠다는 얘기는 못했다.

　김장하는 날을 일요일로 해달라고 영섭이 부탁했다. 이순은 일요일 토요일 상관없었다. 영섭이 근무 아닌 날 돕겠다는 거니 그렇게 날을 잡았다. 토요일 저녁 무채를 썰고 절인 배추 씻는 건 준섭, 영섭이가 전적으로 매달렸다. 이순은 남자가 부엌일 하게 하면 안 된다는 어머니 최 씨의 말이 생각났지만 김장은 일 년 양식이니까 하면서 그냥 고마워하기로 했다.

　일요일 아침 준섭은 시장으로 나가고 마루에는 김장 속 버무릴 재료가 가득했다. 무채, 굵은 파, 쪽파, 생강, 마늘, 붉은 갓, 젓갈, 고춧가루, 소금, 설탕……. 절인 배추를 씻어서 광주리에 담아 옮겨 놨다. 숨이 잘 죽은 배추는 차분하게 광주리에 쌓였다. 앞마당에 김장독 묻는 일은 영섭이 담당이었다.

　초가지붕 처마에 고드름이 수정처럼 달렸다. 수정 목걸이는 겨울 아침녘 빛에 반짝거렸다. 빛을 받아 물방울이 아래로 한 방울씩 떨어졌다. 땅에는 얼음이 새싹처럼 솟아 자라고 있었다.

　"형수님, 잠깐 나가서 김장 일꾼 데리고 올게요."

30여 분 후 눈웃음 짓는 나이가 꽤 돼 보이는 여자와 같이 들어선 영섭은 미쓰 오라고 소개했다. 미쓰 오, 이순은 아가씨를 그렇게 부르는 영섭이 미국식으로 말하는 걸 알아차렸다. 정옥 엄마가 궁금함을 참지 않고 물었다.

"같이 부대에 다니는 분인가 봐요?"

네네, 영섭이 서둘러 오미숙의 말을 막았다.

앞마당 화덕에서는 된장 배춧국이 끓고 있고 부엌 솥에서는 돼지고기가 삶아지고 있었다. 가끔 나무를 넣어 주고 풍구를 돌려 불을 살리는 건 영섭이 오가며 했다. 절인 배추를 뒤집어 한 잎씩 들쳐 속을 버무려 넣은 속도가 이순보다 빠른 오미숙을 보고 이순이 말했다.

"김장 많이 담가 봤나 보네요. 척척 빨리도 하네. 덕분에 빨리 끝났어요."

오미숙은 친정어머니가 시집가면 여자는 일해야 한다, 시동생 시부모 삼시 세끼 밥 차려 대령하는 일은 몸에 익어야 한다며 무섭게 시켰다. 시집가서도 망나니 남편 뒷바라지 시집살이가 혹독했다. 도망 나와 부대 앞 술집에서 일하면서 비로소 몸과 마음이 편해졌다.

"네. 저의 고향에서 담그는 거랑 달라서 잘 못했나 봐요."

"아니, 고향이 어딘데요?"

"경상도 시골이에요. 홍시를 씨 빼고 넣어요. 다시마도 끓여서 넣고요."

"우리도 홍시 넣어 볼까요?"

이순이 새로운 양념에 솔깃해서 말했다.

"먼데서 어떻게 송탄까지 왔을까?"

정옥 엄마가 또 궁금증을 풀려 했다. 오미숙은 얼굴이 빨개졌다. 영섭은 조마조마했다. 거짓말을 못하는 오미숙이 결혼했었다고, 지금 부대가 아니고 부대 앞 술집에서 일한다고 말할까봐 급해졌다.

"배춧국 된장 냄새 구수하죠. 돼지고기도 푹 무른 것 같으니 저녁상 봅시다, 형수."

김장을 담그느라 어수선한 마루를 대강 치우고 추위를 피해 건넛방에 상을 차렸다.

"되련님. 신집 형님, 시삼촌댁 장안동에 김장 속하고 양념 좀 갖다 드리면 좋겠는데요."

"네. 큰길 건너면 바로 있는 기와집이죠? 주세요. 다녀올게요."

이 집을 사주고 한동네라 가까이 사는 신무용은 조카 신정식이 다리가 성치 않아서 그렇지 올바른 청년이라고 자주 자랑했다. 영섭은 어려서 같이 자란 영자 누이 시삼촌 집을 가

본 적이 있었다. 장안동과 연무동에 농사를 많이 가지고 있는 땅부자였다.

불린 콩을 맷돌에 갈고 있던 내외는 반갑게 맞았다.

"두부 좀 쑤어 보려고. 애들도 내려온다니. 사돈네 김장했군요."

"김장 배춧속, 양념 조금, 돼지고기 삶은 것 형수님이 드시라구요."

"잘 먹겠수. 형수하고 동갑이지, 아마. 장가갈 나이가 지났다. 미군 부대 다닌다면서."

"네."

"참한 색싯감 알아봐야 되겠네. 연애결혼은 안 돼. 집안도보고 뼈대도 보고 다 알아보고."

"네. 가보겠습니다."

"착하기도 하지. 이런 심부름을 다 하고. 잘 가요. 참 저기화홍문 가 봤어? 여기서 잠깐이야. 일찍 퇴근하는 날 화홍문가보자구. 정말 멋지고 아름다운 고적이야. 물이 내려올 때더 기막히게 좋다구."

"네, 네. 안녕히 계세요"

영섭은 김장 끝내고 오신숙과 화홍문을 구경 가리라 마음먹었다.

준섭이 장사를 마치고 여느 때처럼 돈 궤짝을 메고 들어왔다. 사과 상자만 한 궤짝이다. 안방에 갖다 놓고 건넛방에 차려진 저녁상 앞에 둘러앉았다.

"김장 도와주려고 온 오미숙 씨. 형님이셔."

떨떠름한 인사가 끝나고 따로 본 밥상에서 오미숙은 이순과 정옥 엄마와 구수한 배추 된장국을 먹었다.

다른 가게에서 다 본 신문을 오후에 빌려보는 준섭은 꼼꼼하게 읽었다. 저녁에 들어가서 그 내용을 이순에게 말해주는 재미가 컸다. 받침 있는 글은 쉽게 읽어지지 않는 이순은 준섭을 대단하게 바라보았다. 신문을 읽어 보고 싶었다. 글을 배워야지. 회서 학교 들어가면 그 책으로 배운다고 생각했다. 그때까지 참기로 했다. 삐었던 발목이 깨끗하지 않아서 좀 불편한 게 걱정이었다. 살아보려고 애쓰는 준섭을 위해서 파 한 뿌리도 쌀 한 톨도 아꼈다.

김장김치가 엔간히 맛이 들었는지 익은 냄새가 부엌에서도 맡아졌다. 덮어 놨던 겉잎을 걷어내고 한 켜 아래 있는 포기김치를 꺼내 양푼에 담았다. 저녁에 들어온 준섭은 김장김치 석박이가 맛있다고 좋아했다.

"그때 김장할 때 영섭이 데려온 규수, 영섭이가 좋아하는 거 같던데."

"되런님이 집까지 데리고 올 때는 다 생각이 있어서죠."

"얌전은 해보이던데. 나이가 많지?"

"네. 같은 나인가 봐요."

"안 되지. 아이 낳으려면 서너 살은 어려야지. 참 당신 지난번에 미끄러졌던 도랑 있지? 그 옆 아주 큰 집, 그게 누구 집이냐 하면 나혜석 집이야."

이순은 나혜석이 누군지 몰랐다.

"그림 잘 그리는 여잔데 동경 유학 가서 연애한 사람 말고 다른 사람하고 결혼해서 아이 넷 낳고 이혼고백서 발표하고 이혼하고 절로 간 여자야."

준섭의 설명을 들어도 잘 이해가 되지 않았다. 여자가 남편한테 소박맞는 게 아니고 여자가 바람이 나서 이혼하자고 하다니. 더구나 아이가 넷인 여자가. 이 세상 얘기가 아니라 딴 세상 얘기 같았다.

"그런데 그 여자 나혜석이 죽었다고 신문에 났어. 며칠 된 신문을 오늘 빌려 봤는데 서울 원효로에 있는 서울 시립 자재원에 웬 떠돌이 여자가 들어와서 죽었대. 행려병자라 누군지 처음에 몰랐는데 나중에 나혜석이라고 밝혀졌다는 거야."

"그렇게 유명한 여자가 어쩌다 그렇게 됐대요?"

"다 소용 없어. 일부종사하고 살림 잘하고 자식 잘 키우는 게 여자 팔자 최고야. 당신처럼. 아들만 두셋 나면 우리는 다 된 거야. 구라파까지 갔다 온 여자가 거지로 떠돌다가 문전 걸식하다 남의 집 처마 밑에서 병들어 그렇게 죽으니 자식들은 뭐가 돼."

이순은 일본 유학 가서 공부도 많이 했는데 아깝다고, 뭔가 사정이 있을 거라고 말해 보려다 준섭이 이상하게 생각할까봐 속으로만 새겼다.

처음 꺼낸 김장 김치 덕분에 보리밥 두 사발을 비운 준섭은 내 집에서 김장해 먹으니 뿌듯했다.

"잘 먹었어. 김장 잘 담갔네. 시원하고 간이 딱 맞아."

고맙다는 칭찬을 듣고 이순은 설거지 밥상을 들고 부엌으로 나갔다. 글을 모르는 자기가 모르는 세상이 너무 많다는 걸 느꼈다. 여자도 공부하면 일본도 구라파도 가보고 그림도 그리고……. 하지만 그렇게 사는 건 무섭고 불안하다 고개를 저었다. 성실한 남편을 잘 따르고 아들 낳는 게 할 일이라고 생각했다. 그래도 희서는 공부 많이 시키고 싶었다.

추위는 이순이 떠 준 털실 속바지로도 다 막아지지 않았다. 점심을 사 먹을 테니 겨울에는 내오지 말라고 이순에게 말했다. 이순은 미안했지만 희서 데리고 오가다 감기 들면 추위에 고생할 테니 그렇게 하기로 했다.

어느 날 저녁 준섭이 선물이라고 책 한 권을 가져왔다.

"이 책 봐. 작년에 문교부에서 나온 국민학교 일학년 교과서야. 〈바둑이와 철수〉이 책으로 글공부해. 다 쓴 책이라고 물감 쌀 때 쓰라고 폐지로 왔길래 가져왔어. 깨끗하지? 속에 그림도 있고 글자도 많이 있어. 희서야 엄마랑 같이 공부해."

"고마워요. 받침만 알면 웬만하게 읽을 수 있어요. 고마워요."

이순은 글을 모르는 자신을 위해 작년에 나온 1학년 교과서를 가져온 준섭에게 고마우면서도 부끄러웠다. 펴 본 책에는 아이의 낙서도 있었다. 연필로 직직 아무렇게나 천진스럽게 그어 논 낙서가 다정했다. 다른 아이가 공부했던 책이니 더 공부가 잘될 거라고 생각했다.

시장에는 사람들이 점점 많아졌다. 부산하고 풍성한 시장 장사꾼 준섭은 혼자 손으로는 감당이 안 될 정도로 바빴다. 이순이 나와 도와주면 어떨까 점원을 둘까 생각 중이었다.

해방된 후 사람들은 조상을 모시는 제사도 시제사, 환갑잔치도 잘 차려드리는 효에 대해 자식들에게 잘 가르쳐야 된다고 생각했다. 근본을 잃어버려 나라를 강탈당했다고 생각하기도 했다.

수원군 수원읍에서 수원시로 승격한 시당국에서는 효의 도시, 효성의 도시를 시를 상징하는 구호로 내걸었다. 정조대왕이 화성으로 천도를 생각할 만큼 효성의 도시라는 자부심이 컸다. 화성행궁의 아름다운 성곽, 정조대왕의 부왕 사도세자의 뒤주 죽음에 대한 한, 어머니 혜경궁 홍 씨에 대한 효성으로 행궁에서 차렸던 진찬례가 효의 도시 수원에 대한 자부심으로 가득했다.

영동시장은 내외 백리 안 가장 큰 시장으로 큰 장 보려면 영동시장으로 나와야 해서 도시의 중심이 돼가고 있었다. 준섭은 제사상 차리는 데 필요한 북어, 원당, 산자, 약과, 배, 사과 등을 파는 어물가게를 열기로 마음먹었다. 가게 하나를 새로 사기엔 모아 놓은 돈이 부족했다. 돈을 더 모으기로 했다.

수원읍이 수원시로 승격하는 날은 시민들 잔치가 벌어졌다. 5만의 수원읍이 수원시가 되는 날은 해방된 지 4년 되는 1949년 8월 15일이었다. 온 시민의 잔치가 펼쳐졌다. 다른

123

사람들이 아들 손잡고 공설운동장에 구경 가는 걸 보고 빨리 아들이 생겨야 목마도 태우고 손잡고 할아버지께 절하는 법도 가르칠 텐데…… 조바심이 났다.

김종구는 농사가 벅찼다. 수원으로 살림을 합치자는 준섭의 청이 있었고 며느리가 잘 모신다고 하지만 농사를 털고 가려니 허전해서 안 하기로 했다. 지을 만큼만 짓고 소작을 주기로 했다. 영섭만 결혼하면 자식들 다 치우니 할 일 다 했다고 생각했다. 남양댁이 데리고 온 순례는 친할머니 집으로 갔다. 핏줄 따라 정리가 되는 걸 보면 이게 순린가 하다가도 부모 없는 고아는 어떻게 하나, 어미 없이 자란 영섭의 결혼에 마음이 급해졌다.

오신숙은 영섭이 자신에게 과분한 사람이라고 생각했다.
"집에서 제가 결혼했다는 걸 모르시죠? 저도 양심이 있지, 총각한테 어떻게 시집을 가요."
"애 먼저 낳고 결혼식 합시다. 여기 송탄에 방 하나 얻고 화이트 하우스 바는 그만두고. 간단하게 정리합시다."
영섭은 술집 다니는 오신숙을 부대 다니는 직장 동료라고 오해하도록 집에서 행동했다.

'영섭아 그 색싯감 네가 좋다는. 너하고 동갑, 네 형수하고 동갑이야. 애기 날 생각해봐라. 어려야지. 부모는 어디서 뭐 하시는 분이니?'

'부산 근처 동래야. 과수농사 짓지 뭐. 특별한 거는 없지.'

'어떻게 해서 경기도 송탄까지 왔는지 알아봐라. 너 결혼 결정되면 매부네 종각 라사 가서 양복 한 벌 맞춰주려고.'

'형이나 해.'

준섭과 오간 대화를 생각하던 영섭은 결정을 앞당겨야겠다고 생각했다. 가만히 있을 때는 날카로워 보이는 얼굴이 입가의 미소가 어리면 순한 소년처럼 변하는 영섭은 오신숙만 보면 미소가 번졌다. 미군들 술 따라주는 일을 더 이상 하게 둘 수는 없었다.

"양색시 되고 싶어서 계속 화이트 하우스에 있는 거요? 술 따르다 양코배기한테 손목 잡혀서 무슨 일을 당하려구."

"전 결혼했던 여자에요. 여기서 내 몸 관리 잘해서 돈 모으면 부산으로 떠날 거예요."

그냥 살자고 떼쓰는 영섭을 오신숙은 언젠가 변할 사람이라고 생각했다. 급하게 먹는 밥이 체한다고 자기가 좋다는 말도 안 했는데 그냥 살자니 뜨내기가 하는 행동이었다. 하지만 그렇게 티격태격 하면서도 오신숙은 영섭을 밀쳐낼 힘이 없었다. 미군들의 유혹도 피하고 싶고 도망 나온 결혼을 없던 것처럼 하고 싶었다.

10시간 정도 가는 강원도 산비탈길은 아슬아슬했다. 버스 창문을 열면 흙바람이 안개처럼 몰려왔다. 유월 초 산속 나무들은 풍성하게 부풀어 올랐다. 몽글몽글 초록색 연두색 높은 산 구경은 흙먼지로 가려지기는 해도 산모퉁이를 돌 때마다 다른 경치였다. 이순이 뜨개질하는 털실뭉치 같은 나무도 있었다.

졸다가 깼다가 지쳐서 내리니 늦은 오후였다. 속초 동명항 앞 판잣집 가운데 칠복상회는 찾기 쉬웠다. 오장동 떠날 때 가게 이름은 칠복상회라고 하겠다고 한 말을 기억했다.

"그 아버지가 배 타다 바다에서 돌아가셨다는 집, 아, 눈 동그란 부인하고 같이 장사하는 집요."

가게 안에는 네댓 살쯤 되어 보이는 남자 아이가 입에 오징어 다리를 물고 뛰고 있었다.

"아이구, 형님, 큰형님, 여기까지 어쩐 일이세요?"

3년여 만에 만나는 만복이가 놀라서 뛰어나왔다.

"형하고 형수하고는 고성 덕장에 갔어요. 새벽 버스 타고 갔으니까 올 때쯤 됐어요. 이리 오세요."

"만복아, 고향에서 사니까 마음 편하고 좋지? 신수가 훤해졌네."

만복은 얼굴에 살이 올라 청년 티가 났다. 눈을 똑바로 쳐다보면서 말하는 모습이 안정적이었다.

"네. 저 달라지지 않았어요?"

"고향에서 사니 친구들도 만나고 즐거워서 그런 거지. 저 바다도 매일 보고 갓 잡은 싱싱한 생선도 매일 먹고 얼마나 좋겠니."

"큰형님 땡. 하하 제 얼굴 잊어버리셨어요?"

준섭이 다시 만복을 쳐다보니 얼굴이 정리가 된 듯 반듯해졌다.

"아, 너 눈이 좀 거북했었지."

"네. 눈꺼풀이 내려앉아서 짝눈이 심했죠. 애꾸눈까지는 아니었어도."

"그렇구나. 두 눈이 확실하게 똑같아졌구나."

"수술했어요. 간단한 수술이었어요."

"진작 할 걸. 이렇게 딴 인물이 되는 걸. 만복이 장가가야지. 인물 훤해 졌을 때가 장가갈 때야."

"네. 장가갈 때 큰형님한테 연락할게요. 지난겨울은 눈이 많이 오고 바람도 불고 추웠다, 선선했다 변덕이 심해서 황태 맛있을 거예요. 추석 물건도 미리 사야지 안 그러면 서울 도매상들이 다 가져 가거든요. 올 시간이 넘었어요."

만복이 눈을 껌벅거리며 말을 많이 했다. 자신 있는 얼굴은 눈 수술이 준 선물이었다.

"얘가 칠복이 아들이구나. 우리 희서보다 얘가 몇 달 늦지? 잘생겼구나."

만복이가 부둣가 생선찌개 집으로 안내해서 늦은 점심을 대접했다. 조카 지용이도 데리고 갔다. 준섭은 의젓하게 생긴 지용이가 탐났다. 동명항 부둣가 얼큰한 동태찌개를 땀을 흘리며 먹었다.

덕장에서 막차로 돌아온 칠복은 준섭이 손을 잡고 흔들며 반가워했다.

"형님, 잘 오셨어요. 우리 오장동 살 때 형님이 우리한테 얼마나 잘해주셨는지 잊지 않고 있어요. 형수님 텃밭 농사지어 반찬해 주시고 잊지 못해요. 형수님 건강하신가요? 희서는요? 작은형님 장가들었어요?"

질문이 폭포수처럼 쏟아졌다.

"해방 돼서 쪽발이들 잘난 척하는 거 안 보니까 체증이 다 뚫렸다니까요. 그날 거리로 나가 전차에 매달려 만세를 얼마나 외쳤는지. 저도 제가 그렇게 일본 놈들을 싫어하는지 몰

128

랐다니까요."

영희는 불편한 기색을 감추며 식당 주인아주머니에게 오징어무침을 더 달라고 주문했다.

"오징어 더 갖고 올게요. 술을 지금도 못하시나 봐요."

"영섭이는 미군 부대 취직해서 다니고 아직 장가는 안 갔어."

"똑똑하시니까 미군 부대 취직하셨군요."

"여기 속초읍에도 저 중앙동 언덕에 부대가 있어요. 통신 부댄데 큰길 옆에 있어서 오징어나 동태 팔러 리어카 끌고 자주 가요. 거기 조선 사람이 있어요. 파파산 김이라고 그 부인 마마산 김에게 동태를 팔았어요."

"만복이 장사꾼 다 됐구나. 여기저기 다니며 물건 팔 줄 알면 된 거야. 부지런하면 부자 되는 거지."

진심으로 만복을 칭찬하며 준섭이 수저를 놓았다.

"형님, 북어 눈, 오징어 다리 10개, 눈 다 달려 있는지 확인하고 버스에 짐으로 부칠게요. 이문을 조금 남기는 거예요. 형님 장사 잘되시라구요. 건너 가게에 전화 있어요. 잘 안 들릴 때도 있지만 주문하실 때 전화주세요. 먼 길 이렇게 오시지 말구요."

길가는 가게고 안으로 방 두 개뿐인 집. 만복이 방에서 하룻밤을 자고 새벽 버스를 타고 수원으로 온 준섭은 참 사람 인연 모를 일이야 하면서 이순에게 속초 다녀온 얘기를 신나게 말했다.

"근데 칠복이 아들 이름이 지용인데 똑똑하게 생겼드라구. 눈이 똥그란 게 영희 판박이야."

준섭이 남의 아들 얘기할 때마다 그 말에 부러움이 엿가락처럼 붙어 있는 걸 이순은 안다. 아이가 안 생겨서 걱정은 더 커져 갔다.

추석 대목 볼 큰 장을 속초에서 보고 온 준섭은 느긋했다. 이번 대목 잘 봐서 어물가게를 사야겠다고 생각했다. 지금처럼 물감가게 반쯤 내서 하는 게 아니고 번듯하게 큰 가게를 열면 더 돈을 벌 수 있다고 생각했다. 속초에서 도착한 황태, 오징어 등을 가게에 보관하기엔 너무 좁았다. 리어카에 싣고 집으로 가서 영섭이 방 하나에 쟁여 놨다.

초여름 무더운 일요일 새벽. 전쟁이 났다고, 북한군이 쳐들어왔다고 시장은 난리였다. 준섭은 물감상자를 지고 집으로 와서 이순과 희서를 데리고 지곡리로 피난길에 나섰다.

영섭은 반월을 향했다. 일요일 아니었으면 오신숙과 송탄에 있을 거였다. 부대로 복귀해야 되는데 혼자이신 아버지를 누가 모시고 피난 떠나나 마음이 무거웠다. 흰옷 입은 사람들이 양떼처럼 남으로, 남으로 벌써 피난길에 나섰다.

이불 보따리 이고 황소는 끌고 어떤 사람은 소가 끄는 마차에 짐을 실기도 했다. 어디로 어디까지 갈 수 있을까. 정신차릴 수 없는 세상. 무엇이 진짜고 무엇이 가짜인지. 왜 북한이 같은 동포를 향해서 총을 쏘고 달려 드는 건지.

준섭은 가게 문을 닫고 큰 자물통이 잘 잠겼나 몇 번이고 흔들어 봤다. 열쇠를 배에 찬 복대에 찔러 넣었다. 상인들은 황망한 가운데 일단 집으로 들어가는 사람, 피난 떠나는 사람, 먹고살아야 하는데 시장을 설마 포격할라구 하는 사람 우왕좌왕이었다. 나이 든 사람 중엔 어디로 피난 갈지 살만큼 살았으니 그냥 지키고 있겠다는 사람도 있었다.

신풍동 집의 두꺼운 나무 대문도 자물통으로 잠갔다. 추석 대목 보려고 속초에서 떼 온 황태, 오징어가 가득한 영섭의 방문을 새끼줄로 챙챙 감았다. 아내와 자식을 살려야 하니까 산속 깊은 곳 골짜기 지곡리로 숨기로 했다.

방골산을 넘던 이순이 들고 있던 보따리를 놓쳤다. 다섯 살짜리 희서는 엄마 다리가 불편하다는 걸 아니까 업어 달라곤 안 했다. 물감상자를 등짐으로 진 아버지에게 다리 아프 다고도 못했다. 이순은 시골로 시집갔으면 어머니와 남동생 들을 자주 볼 수 있었을 테지만 그래도 성실하고 잘 살겠다 고 노력하는 준섭이 고마웠다. 첫아들을 잃은 이 지곡리로 피난 가면서 준섭도 이순도 아들을 잉태 했으면 하는 간절함 이 기도처럼 가슴 한가운데 자리했다.

유월의 산은 푸르름이 향내를 풍기며 싱그러움을 펼쳤다. 산속에는 선보러 가던 그때처럼 돌배나무 몇 그루가 면사포 쓴 신부처럼 머리에 흰 꽃을 이고 있었다. 근육 좋은 말채나 무, 산사나무, 소나무가 한동네를 이루고 있었다. 참을성 있 게 따라오는 희서를 보면서 준섭은 선보러 이 산을 넘던 일 이 새삼스레 떠올랐다. 참하고 아름다운 색시를 얻었으니 뭘 더 바랄까.

절뚝거리며 산을 내려와 개울에 닿았다. 이순은 다리가 아 팠지만 내색하지 않았다. 물감상자를 등에 진 준섭이 희서의 손을 잡고 앞서 걷고 있는데 아프다고 말하기 어려웠다.

"개울에서 좀 쉬었다 가요"

북한 사람들이 쳐들어와서 전쟁이 났는데 이 산속은 이렇 게 고요해 전쟁이 거짓 같았다. 징검다리를 건너 강 같은 개 울을 건넜다. 준섭 희서 그리고 이순 차례였다. 한쪽 다리가 다시 삐끗했다. 지곡리 들어가는 산길은 서로 맞잡은 손이 악수하는 것 같았다. 시옷 같은 격자무늬의 연속이었다. 이순의 작은 보퉁이를 희서가 들었다.

"엄마 내가 들고 갈게. 난 다리 안 아파요."

이 깊은 골짜기에 사람 사는 집이 있을까 싶게 지곡리 윗마을은 여민 저고리 안 같았다.

어머니 최 씨는 전쟁이 진짜 났냐고 소문도 못 들었다고 말했다.

"이 골짜기가 깊기는 깊은 골짜기지."

그래도 모를 일이라고 뒤쪽 뽕밭과 밤나무 만나는 곳 돌무더기 있는 곳에 방공호를 파자고 했다.

전쟁 터지고 여섯 달. 겨울이 왔다. 눈이 산을 덮고 밭고랑도 이랑도 이불 덮듯이 덮어 잠재우는 속 깊은 겨울이 지나가고 있었다. 한밤중에 금자가 허둥지둥 윗말로 준섭과 이순을 찾아왔다,

"어떤 놈이 쫓아 올까봐 몰래 왔어. 인민군 놈들이 동네 다 뒤져서 젊은 남자를 인민군으로 끌고 간다. 우리 집에도 총 들고 와서 매형하고 큰애는 급하게 헛간 나뭇단 속에 숨어있어. 헛간에 술독이 있어 이걸 퍼다 줬더니 처먹고 뻗었어. 그

새 윗말에 온 거야. 피해라. 저 위쪽에도 동네 있냐고 물어서 저 골짜기 속에 뭐 먹고 사냐고 집 한 채도 없다고 했지만 모른다. 밥 해내라 술내라 총 들고 난리다."

금자는 눈이 쏟아지는 새벽에 집으로 돌아왔다. 눈이 발자국을 덮어 주기를 바라면서. 그때 집 바깥에 있는 변소에서 인민군이 나왔다.

"아짐씨 새벽에 어딜 다녀옴수?"

"눈 쓸어야지. 눈 덮이면 저 김치 항아리 묻어 놓은 움막, 초가지붕이 무너진다고. 비켜."

대문 바깥에 세워놓은 댑싸리 빗자루 큰 걸 집어 들었다. 인민군은 이틀 동안 금자네 집을 본거지로 이집 저집 훑고 다녔다.

"사내새끼들 그림자도 안 보이지비. 어디로 다 도망간 거야, 간나새끼들."

다섯 명의 인민군은 총을 들고 금자네 집을 나갔다. 금자네 이불도 싸가지고 갔다. 인민군이 마을 어귀를 빠져 나가 보라리 성황당 고개에 다다랐을 무렵 금자는 헛간으로 가서 장작더미 속에 숨어있던 남편 이 서방과 아들을 불러냈다. 헛간에 밥상을 들였다.

"내 이럴 줄 알았지비. 어디 숨었다가 나왔어. 간나새끼 일어 서. 따라와."

금자의 맏아들 현구에게 총을 들이대며 일으켜 세웠다. 숨어있던 현구는 인민군에게 붙들려 갔다.

"내가 해주는 밥 잘 처먹고 내 아들 잡아서 어디로 가니, 이놈들 천벌을 받을 놈들!"

"날 데려가라 이놈아. 아이고 안 된다 안 돼."

금자와 이 서방이 울고불고 매달린다고 될 일이 아니었다. 새끼줄로 양손을 묶어 끌고 가는 인민군은 이 집에서 밥 잘 먹었수다 하면서 갔다. 앞뒤로 인민군이 서고 가운데 양 씨네 아들 남기가 떨면서 있었다. 인민군 한 명 끼고, 현구를 끼어 넣고 갔다. 새끼줄에 묶여 끌려가는 현구는 울면서 뒤돌아보며 다녀올게요, 하면서 갔다. 아랫말에서 잡혀간 스물미만 남자는 두 명이었다.

넉 달 동안 지곡리에 숨어있던 준섭은 이순과 희서는 지곡리에 두고 수원 집으로 혼자 갔다. 인민군이 물러가고 국군이 북쪽으로 진격하고 있다는 뉴스가 중앙방송 라디오에서 힘차게 나오고 있었다,

전쟁 바람이 한바탕 쓸고 간 시장은 뜨문뜨문 문을 연 가게가 보였다. 찬 겨울바람은 황량한 시장 비어있는 가게마다

흙먼지를 쓸어 넣고 빠져 나갔다. 가게를 닫고 물감상자를 지고 신풍동 집으로 들어갔다. 김장독 밑에 남아 있던 신김치를 고개 숙여 꺼냈다. 김장하던 날 풍경이 그리움으로 다가왔다.

김종구는 동생 김종기 내외와 피난길에 나섰다가 이내 돌아섰다.

"영섭아. 황소 한 마리, 더구나 암소는 새끼가 뱃속에 있는데 굶겨 죽이냐. 못할 짓이다. 닭 열댓 마리 두고 갈 수는 없다. 난 집에 있다 죽게 되면 죽을란다."

김종구는 집에 있는 농기구, 작두, 낫, 톱, 도리깨, 탈곡기들도 생명 있는 식구들처럼 생각됐다. 평생 농사꾼인 자기를 위해 부리는 대로 말 잘 듣던 식구를 나 살자고 버리고 도망갈 수는 없었다. 얌전한 김종구가 이 정도로 확고하게 말하는 걸 보고 김종기는 자기 속에도 형과 같은 생각이 있었다고 왔던 길을 되짚어 싸리문을 열고 집으로 들어섰다. 뒤란에 있던 닭들이 대낮인데도 소리 높여 울었다.

겨울바람에 흔들리는 문고리 소린가 보다. 금자는 잡혀간 현구 생각에 이 서방이 피던 골연초를 말아서 깊게 들이마시며 한숨으로 밤을 지새웠다.

"자식을 눈앞에서 빼앗긴 에미가 할 수 있는 일이 이렇게 없나. 나한테 총 쏴라, 왜 하지 못했을까. 이불까지 둘둘 말아서 지고 가던 놈들은 어디 있다 나타난 괴물인가."

현구 걱정에 제때 챙겨주지 못한 어린 아이들은 비쩍 마르기 시작했다. 한겨울 깊은 밤은 길었다. 골연초 말아 피다 설핏 잠들은 금자는 꿈결처럼 현구 목소리가 들렸다.

"엄니, 나야 현구. 엄니."

퍼뜩 눈을 떴다. 솜바지 찢어서 오른 팔 위쪽을 동여 맨 현구가 땟국에 전 얼굴로 엄니를 부르며 서 있었다.

"현구야, 어떻게 도망쳤니. 어떻게, 내 새끼 아이고 내 새끼. 이 꼬라지 이 팔은 어떻게 된 거니, 이 팔은."

피가 흐르다 멈춘 오른쪽 겨드랑이 팔 안쪽은 총알이 비껴가서 살점이 뭉텅 떨어져 나갔다,

"괜찮다, 살아서 왔으니. 다리 안 다친 게 어디냐. 걷지 못하는 것보다 낫다."

위로와 한숨을 섞어서 걱정을 묻고 배고플 현구를 위해 솥에 두었던 밥주발을 꺼냈다. 현구가 잡혀간 후 언제나 현구 밥을 담아 솥에 두었었다.

"그놈들이 끌고 가면서 남의 집에 들어가 빼어 먹고 훔치

고 하다가 북쪽으로 계속 가는데 문산쯤인가, 산에서 자는데 몰래 도망쳤어. 양 씨네 남기를 깨울 수가 없어서 혼자서 도망쳤어. 따라오면서 총을 쏘는데 여러 발은 못 쏘드라구. 패배해서 북쪽으로 도망가는 중이잖아."

현구의 손은 갈라져 피가 흐르고 입술은 부르터서 계란을 물고 있는 것 같았다. 바지는 다 찢겨져 종아리가 훤히 보였다. 팔은 심하게 흉터가 지겠지만 좀 못쓰게 되면 어떤가 생각했다. 얼마나 아플까. 금자와 이 서방은 현구를 쓰다듬으며 연신 고개를 숙여 절을 했다.

"천지신명님 조상님 고맙습니다. 조상님 은덕에 현구가 돌아왔어요. 고맙습니다."

하지만 양 씨네 남기와 같이 못 와서 너무 기쁜 얼굴도 조심스러웠다.

이순과 희서를 지곡리에서 겨울을 나게 하고 봄에 수원으로 데리고 오기로 한 준섭은 전쟁이 완전히 끝난 건 아니라고 생각했다. 불안하고 마음 졸이는 가운데 영섭을 통해서 듣는 미국 뉴스는 일본 천황이 항복하던 뉴스 이래로 믿음을 줬다.

이순이 없는 방에 누으면 허전했다. 수틀에 수놓을 천을 끼고 색깔 맞춰 한 땀 한 땀 수놓는 이순이의 천진한 모습이 그려졌다. 이순이 수놓은 다정한 집안이 춤추는 잠 속으로 들어왔다. 벽을 덮고 있는 횃댓보 위에 십자수로 놓아진 행복이 움직이는 듯했다. 새도 날고 꽃도 피고 노래가 흘러나온다. 꿈속에서 준섭은 딸과 아들 손잡고 술래잡기를 했다.

"형, 나 장가가려구."

영섭은 미군 부대로 복귀했다. 오신숙은 〈화이트 하우스〉에서 술을 팔고 있었다.

"색싯감 있니? 아, 그 오신숙? 나이가 너랑 동갑이라며. 애기 갖는 거 생각해야지."

"사실 임신했어. 5개월쯤 됐는데 배부르기 전에 식 올리고 싶어."

"이 자식이. 할 수 없지. 너 장가갈 때 영자 누이 남편 종각 라사에서 양복 한 벌 맞춰 준다고 생각했어. 서울 가서 양복 맞추고 와라."

"형은 안 맞추고 나만?"

"네가 장가가지 내가 장가가니? 나는 바지저고리 사모관대 쓰고 했잖니. 영자 누이 매형이 양복 짓는 솜씨는 알아준다고 작은아버지도 말씀하시더라. 다리가 그래서 그렇지 사람은 진국이야.”

결혼식은 신부 측 하객이 없어서 민망한 수준이었지만 이미 배부른 신부를 뭐라 나무랄 사람은 없었다. 사촌 영자만 신랑 양복이 차르르해서 한 인물 받쳐준다며 절룩거리는 남편 신정식의 기를 살려 주었다. 결혼식에 온 영자 시삼촌 신무용 내외는 신부 쪽 하객 석에 앉았다.

영섭 내외는 결혼식이 끝나고 온양온천으로 신혼여행을 다녀오고 사랑채에서 신혼살림을 차렸다. 이순은 동서 오신숙이 계속 부대로 출근하는지가 궁금했다. 아침밥을 해줘야 하는지 알고 싶었다. 도련님에서 어른이 됐다고 서방님으로 호칭이 바뀐 영섭에게 물어봤다.

“아뇨, 애기 낳고 생각해보려구요. 형수, 사랑채 부엌에서 따로 우리 살림할 거니까 걱정 마세요. 아마 직장은 애기 낳으면 어려울 거 같은데요.”

영섭은 오신숙이 한 번 결혼했었던 것, 부대가 아니고 술집에서 일했던 것 다 비밀로 했다. 자그마하고 다정한 오신숙이 살아온 길이 오신숙의 잘못 때문이 아니고 나라를 잃은 백성, 여자의 고통이라고 생각했다. 나라 뺏긴 지도층이 져야 될 책임이라고 생각했다. 자신의 왼손 손가락 두 개가 잘

려나가 없는 게 자신의 잘못이 아닌 것처럼.

　봄에는 희서가 국민학교에 입학한다. 입학통지서를 받고 이순은 희서가 벌써 학생이 되는 게 신기했다. 준섭은 어물 가게를 따로 차려서 점원을 두고 두 가게를 왔다갔다 바빴다.

　전쟁 이후 미군 부대에서 나오는 군복을 염색해 입는 게 유행이었다. 국방색 옷을 입고 다니면 헌병에게 검문 당하고 군인이라 오해하므로 못 입게 했다. 젊은이들은 국방색 군인 옷을 염색해서 입고 다니는 걸 최고의 멋으로 여겨 이런 옷을 교복처럼 즐겨 입었다.

　번영상회는 속초에서 올라온 건어물이 깨끗하고 값도 좋아 가게는 번성했다. 이순이 점심을 해서 내가는 쟁반은 이층이 됐다. 큰 쟁반에 밥반찬을 차리고 좀 작은 쟁반에 조개젓, 새우젓 등 작은 종지를 담아 큰 보자기로 꼭 싸매서 머리에 이고 시장으로 나갔다. 점원이 셋이나 되니 점심밥을 넉넉하게 해서 내갔다. 모내기철이나 가을 추수할 때 들녘으로 밥 광주리 이고 나가던 게 생각나서 즐거웠다.

　희서 입학을 하루 앞두고 준섭이 일찍 들어와서 재촉했다.

　"나혜석 집 가는 길 옆 골목 끝에 막다른 집 있지. 일제 때부터 목욕탕이래. 희서 데리고 목욕 갑시다. 희서 입학하는데 깨끗이 씻고 가야지. 내가 오다가 말해 놨어. 목욕물 끓이고 있을 거야."

목욕탕은 커다란 종처럼 생긴 무쇠솥이 입을 벌리고 더운 김을 퍽퍽 올리며 있었다. 욕조 바닥 우묵한 부분엔 나무발판이 놓여 있었다. 발 디딜 자리였다.

준섭과 이순은 희서를 가운데 데리고 탕에 들어갔다. 아래 속옷을 입고 탕에 들어갔지만 준섭은 이순의 작고 아름다운 복숭아 같은 가슴에 남자가 섰다. 이순도 준섭의 몸이 탄탄한 굴참나무 같아 안기고 싶었다. 희서는 빨개진 볼을 두드리며 내일 학교 간다고 신이 났다.

집에 오니 동서, 오신숙이 저녁을 해놓고 기다리고 있었다.

"배불러서 힘들 텐데 우리 저녁까지, 수고했어."

"아주버님, 여러 가지로 돌봐 주셔서 감사해요."

"네, 뭘요. 동생 아직 안 왔나요?"

"네. 오늘 미군 훈련 있다고 밤새고 아침에 온다고 했어요."

늦은 저녁은 맛있었다. 계란말이 옆에 놓인 빨간색 장이 으레 고추장인 줄 알고 찍어 먹고서야 고추장이 아닌 줄 알았다.

"동서. 이게 뭐야. 고추장 아니잖아."

"아, 네. 그건 토마토케첩이라고 미국 사람들이 여기저기 잘 찍어 먹는 거예요."

"토마토케첩. 토마토로 만드는 거라구. 신기하네. 우리 뒤란 밭에 토마토 많이 심어서 만들어 볼까?"

준섭은 매운 맛도 톡 쏘는 맛도 구수한 맛도 없는 토마토케첩처럼 미국 사람들도 싱거울 거라 생각했다.

"작은엄마. 난 그거에다 밥 비벼 주세요. 학교 가면 애들한테 자랑해야지."

안방으로 돌아온 이순이 준섭에게 말했다.

"나이 든 만큼 속이 깊은 거 같아요. 서방님 장가 잘 갔어요."

"그렇게 보이긴 하는데, 친정이 없는 거 아냐? 혼인 때 멀어서 못 왔다는 게 말이 안 되잖아."

희서 입학식에 이순과 준섭, 오신숙이 함께 갔다. 73명이나 되는 한 학급 학생들 사이에 희서는 키가 커서 뒷자리에서 다섯 번째였다.

"형님 닮아서 희서 키가 커요. 얼굴은 오목조목 특이하게 생긴 것 같아요."

"얌전하게 하얗게 생기면 좋았을 텐데. 더 자라봐야 알겠지."

"형님, 신식으로 생긴 거예요."

"희서가 당신 닮아서 키가 커 뒷줄에 섰네. 얼굴은 당신 닮
았는데 살결은 나 닮았나봐. 가무잡잡하잖아. 제일 예쁘지."

새로 나온 나일롱 원피스를 입고 입학한 희서는 신났다.
앉았다 일어나도 구겨지지 않는 최신식 나일롱 꽃무늬 원피
스에 신이 나서 원피스 치마를 잡았다 폈다 하며 혼자 웃었
다. 입학식에 온 학급 친구들 중 제일 신나는 얼굴이었다.

집에 돌아온 희서가 들떠서 말했다.

"내 짝은 이강순이야. 나보다 두 살 많아. 언니야. 집이 앙
카라 고아원이래. 친구들 아주아주 많이 같이 산대."

그제야 전쟁 때 부모 손 놓친 아이, 피난가다 부모가 폭격
에 돌아가 군인들이 거둬 고아원에 맡긴 아이…… 많은 아이
들이 아직 끝나지 않은 전쟁 속에서 살아가고 있는 거란 생
각이 들었다. 이 전쟁판에 준섭이 자기와 희서를 지켜주고
생활력 강해서 밥 먹게 해주는 부지런함에 감사했다. 새벽마
다 일어나 팔달산 샘물을 길어와 '이 약수로 밥해 봐. 맛이
좋을 거야.' 하면서 앞마당 쓸고 옆집 정옥네 바깥마당까지
쓸고 들어오는 준섭이 정말 좋은 남편이라 생각했다.

어떻게 하면 준섭이 좋아할까를 생각하며 꽃밭을 매만지

고 장독에 있는 항아리들을 말끔히 행주로 씻어 내렸다. 임신부 같은 항아리를 행주로 닦으며 나는 왜 이렇게 배가 불러지지 않나 근심이 됐다.

음력 삼월 스무날은 준섭이 생일이라 이순은 생일상을 준비했다. 불린 미역을 참기름에 볶다가 받아 놓은 쌀뜨물을 부어 푹 끓였다. 잡채를 넉넉히 했다. 옆집 정옥이네까지 생각했다. 고기전은 오신숙이 부쳤다. 시집와서 처음 맞는 시아주버니 생일이라 막달이라 몸은 무거워도 마음을 다했다. 저녁에 들어온 준섭과 영섭이 같은 상에서 미역국을 먹었다. 희서가 신나서 떠들었다.

그날 삼월 스무날 밤 9시에 오신숙의 진통이 시작됐다. 영섭이 급하게 장안동에 있는 산파를 데려왔다. 두 시간여의 진통 끝에 오신숙은 아들을 낳았다. 엄마 없이 외롭게 자란 영섭이 아들을 낳자 준섭은 기뻤다. 형으로서 장가도 보내주고 데리고 살기까지 하는 자신이 기특하게 생각됐다. 준섭은 자기도 아들 낳으면 되지, 그런데 장손이 영섭이 아들의 동생이 되는구나 생각했다.

이순은 아들을 못 낳으면 시동생이 아들 하나 더 낳으면 양자 들일수도 있겠구나 생각했다. 내가 아들을 못 낳아 준섭이 대가 끊기는 거는 안 될 말이다 자책했다. 아직 젊으니 곧 생기리라 스스로 위로했다.

수원 시민의 날. 산을 깎아서 만든 공설운동장에서는 여러 행사가 벌어졌다. 전쟁 전 읍에서 시로 승격되고 곧바로 전쟁이 터져 시민의 날을 제대로 하지 못했던 시에서 수원 시민의 날을 크게 하겠다는 것이었다. 전쟁 이후 각지에서 모여든 시민들이 가을날 펼치는 화합의 잔칫날이었다.

시장에서도 귀에 선 사투리가 물건을 흥정하는 일은 늘 있고 전쟁 전에 잘 팔리지 않던 곡식도 수요가 늘어났다. 사글세 사는 타향살이 사람들을 만나는 건 늘 있는 일이었다. 혹독한 일제 치하에서 살아남고 동족의 전쟁을 겪은 사람들은 두려움과 동시에 용기도 얻었다. 어렵게 습득한 포용력은 같이 살아가야 할 운명을 가르치기도 했다.

포목상 주 사장이 앞장서서 시장상인 열댓 명을 모아 운동장으로 갔다. 어차피 시민의 날 구경 가는 사람들이 많아서 큰 시장에 장보러 나올 사람들은 없었다. 인근 시골에서 오는 소매상을 기다리는 것뿐이었다. 가을 햇살이 따가웠다. 운동장에는 도시락을 싸온 아낙도 할머니들도 소풍처럼 나들이 나와 있었다.

산을 깎아 만든 계단은 붉은 속살이 그대로 드러나 있었다. 시민들이 가득했다. 신문지를 깔고 계단에 앉아 운동장에서 경기하는 학생들을 응원했다. 마스게임도 하고 달리기도 줄다리기도 기다렸던 평화로운 시민의 날이었다. 남학생들이 두 편을 갈라 청백전으로 겨루는 기마대, 말을 만들어 서로 모자를 뺏는 기마싸움은 남학생들의 용맹을 보여줬다.

"김 사장. 저기 청군에 말 타고 있는 저 학생, 방금 백군 모자 뺏은 애, 내 아들이야 내 아들."

준섭의 팔을 치며 주 사장이 일어서서 소리 지르며 박수를 쳤다.

"저렇게 많은 아들들 중 왜 내 아들은 없는 거지?"

힘껏 박수를 치던 준섭은 갑자기 서러움이 몰려왔다.

가면

　가을은 아름다운 빛을 떨면서 낙엽을 만들어 뿌리고 겨울을 불러 왔다. 땔감이 부족한 겨울은 더 추웠다. 산에 사는 메아리가 살 수 있게 산에서 땔감나무를 하지 못하게 했다. 구멍탄을 때고 조개탄도 때는 집이 늘었다.

　이순은 가게에 구멍탄 난로를 들여놨으니 찌개 거리를 맛있게 끓여 먹을 수 있겠다고 넉넉히 준비했다. 흐뭇한 점심을 마친 점원들은 아주머니 참 맛있어요, 일 잘할게요, 고맙습니다, 라며 땀이 송글송글 맺힌 얼굴로 인사를 했다.

"시장에서 제일 예쁜 아주머니가 번영상회 아주머니라고 다른 가게 사장님들이 얘기해요."

준섭은 빙긋 웃었다. 오늘 이순을 꼭 안고 사랑하면 아들이 생길 것 같았다. 이순의 작은 어깨를 안고 야들야들한 젖가슴을 부드럽게 만지고 싶어졌다.

맛있게 먹고 비어진 그릇을 이고 집으로 들어가는 길에 비가 뿌리면서 갑자기 추워졌다. 비는 어느새 눈발로 바뀌었다. 고무신이 미끄러웠다. 나혜석 집 앞 꺾어지는 골목길에서 허리를 펴고 큰 숨을 쉬었다. 나혜석도 이렇게 머리에 이고 다녔을까. 공부 많이 해서 똑똑하니까 남자들 말대로, 시키는 대로 살지 않았을 거야. 준섭이 특별히 소리 지르거나 함부로 대하지 않는 좋은 남자라 난 복 받은 여자야. 아차. 한 순간 발걸음을 띄다 자빠졌던 그 도랑에서 미끄러져 나가 떨어졌다. 도랑물이 얼어 있었다. 점심 쟁반은 나혜석집 울타리에 처박혔다.

다리가 아파서 금방 일어서지지 않았다. 콱 막힌 숨을 쉬고 한손으로 언 땅을 집고 치마를 추슬렀지만 일어나지지 않았다. 누가 볼까 창피한 거를 생각할 겨를이 없었다. 마침 집으로 가던 정옥 엄마가 달려왔다. 이순의 겨드랑이를 끼고 일으켜 세우며 부축했다.

"살얼음이 꼈지. 어쩌나. 털고 일어나서 걸을 수 있겠어요?"

집에 있던 오신숙이 놀라서 이순의 자리를 봤다. 사촌동생 정서와 놀고 있던 희서가 울면서 엄마 괜찮은 거냐고 물었다.

이순의 무릎은 둥근 공처럼 부풀어 올랐다. 다리를 꺾을 수 없었다. 뻗정다리가 되어 누워 지냈다. 준섭이 데려온 왕진 의사는 며칠 지나고 부기가 빠진 다음에 다시 오겠다고 갔다. 무릎에 난 상처가 깊었다. 준섭은 뜨거운 물수건으로 이순의 다리를 닦아주며 부어 오른 무릎을 살짝 눌렀다.

"아 아퍼요. 닦기만 하구 무릎은 건드리지 마세요."

넘어질 때 꺾였던 무릎에는 못자국 같은 구멍이 찢어져 나 있었다. 살림해 줄 사람도 걱정이었다. 오신숙이 도와준다고 밥을 해서 안방으로 들여왔다.

"동서, 나 때문에 얼마나 힘들어. 빨리 털고 일어나야 할 텐데."

갈수록 다리는 무거워졌다. 다친 부위에서는 노란 고름이 비어져 나왔다.

몇 번 왕진 온 의사는 점점 심해지는 다리의 염증에 잘못 되면 다리를 절단하게 될지도 모른다고 말했다. 큰 병원 가

봐도 신통한 답은 못 들었다. 부기가 가라앉고 고름이 나오지 않게 하는 마땅한 방법이 없어 보였다. 더 심해지면 수술을 생각해 봐야 한다고 했다.

한 푼 달라며 대문을 흔들어 동냥을 하는 거지나 문둥병 환자도 있었지만 전쟁 통에 팔이나 다리를 잃은 상이군인도 있었다. 오신숙이 쌀을 퍼다 주고 문을 잠그고 들어오곤 했는데 이순은 자신의 모습이 그렇게 변한다면 어떻게 살 수 있을까 시름이 깊어졌다.

누워 있는 시간이 늘어났다. 준섭이가 구해준 국민학교 교과서를 책이 해지도록 읽어서 한글은 웬만큼 깨쳤다. 물리가 트였다. 희미하게 보였던 글자들이 이렇게 만나서 이런 소리가 되는구나 생각했다. 이순은 저녁에 들어오는 준섭에게 연재소설 내용을 얘기해 주는 즐거움에 지루한 하루를 견뎠다.

말할 수 없이 가여운 이순을 위해 준섭이 지팡이를 가져왔다. 짚고 일어서 보라고 이순을 부축했다. 이순은 아픔을 참고 벽을 짚고 간신히 일어서 보았지만 터질 듯 아픈 다리를 끌고 한발자국도 떼기 어려웠다.

금자 누이가 동네에 혼자된 천 씨를 식모로 데려왔다. 물난리 났을 때 불어난 물에 쓸려 나가 죽음으로 돌아온 동네 일꾼 천 서방의 아내였다. 소래에서 양은 대야에 생선을 받아 김량 골짜기 동네를 돌며 팔아 입에 풀칠하던 천 씨는 먹여주고 잠자리 주고 월급까지 준다니 달려왔다. 이순 병수발, 가게에 점심 내가는 일, 빨래, 텃밭에 농사 짓기 등 살림을 도맡아 했다. 들창코에 늘 말을 급하게 하는 천 씨는 하루 종일 일했다. 이순은 준섭에게 미안하고 고마웠다. 그렇게라도 해야지 오신숙이 살림을 맡아서 하게 할 수는 없었다. 월급을 주는 식모를 두게 된 자신의 병은 마음을 다치게 했다.

영섭의 아들 정서 돌이자 준섭의 생일날. 마당 한가운데 꽃밭을 두고 바깥채에서 터지는 애기 웃음, 준섭이 웃음, 영섭이 웃음이 버무려져 안방으로 쏟아져 들어왔다. 안방에 누워서 이 웃음을 듣는 이순은 서러움이 차올라왔다. 미역국을 들고 안채로 온 오신숙이 바깥소식을 전했다.

"형님 편찮으셔서 간소하게 국만 끓였어요. 돌쟁이는 붓을 집었어요."

꽃밭을 가운데 두고 안채와 바깥채는 딴 세상이었다. 철따라 피어나는 백합, 장미, 골련초, 양귀비, 채송화, 다알리아, 맨드라미……. 이순이 심어 놓은 꽃은 다 제자리에서 제 몫을 하며 뽐내고 있다. 안방에 누워서 사랑채에서 터지는 웃음소리를 듣는 이순은 마음을 가다듬었다.

"영섭이 아들 잘 봤어. 돌쟁인데 아주 영리해. 똘똘해. 당신 뭐 좀 먹었어?"

"동서가 미역국이랑 백설기 가져와서 먹었어요. 오늘 생신인데 서방님네 가서 드셔서 어떡하죠. 미안해요."

"괜찮아. 어차피 정서란 놈이 내 생일에 태어났으니 한꺼번에 생일 하면 좋지. 영섭이가 아들 하나 더 나면 양자 들일까?"

아들을 갈망하는데 이순이 아프니 고민이 된다는 속마음이었다.

"빨리 나아야 할 텐데 왜 이렇게 더디지?"

"당신 힘들죠. 미안해요. 안사람 노릇을 못해서."

"내가 아프면 당신이 돌봐 줄 거잖아. 그런 소리하지 말고 조금씩 일어나 발작 떼는 연습해봐. 이 벽 잡고."

혼자 일어나 보려다 여러 번 다시 넘어지곤 했던 이순은 눈물이 났다. 무릎은 무거운 수박을 달아놓은 듯 마음대로 되지 않았다. 아픔을 참고 일어서 보려다 이불 위로 나뒹군 적이 여러 번이었다. 준섭이 가게에 나가 있는 낮 동안 이순은 수없이 되풀이해 봤다. 참을성이 부족해 한 발작도 걷지 못하나 한 발짝만 떼면 두 발짝도 할 수 있다고 자신을 타이르며 해봤지만 고통만 더했다.

가게에 드나드는 시골 장사꾼들이 여러 가지 약 처방을 말하고 무슨 호랑이 뼛가루, 이것저것 말하면 준섭은 무조건 다 사서 이순에게 먹어보라고 발라 보라고 가져왔다.

머리를 동쪽으로 하고 누워 있으면 서쪽 벽 위쪽에 보자기만 한 창문 사이로 참죽나무가 보인다. 키가 쭉 뻗은 참죽나무는 나무 위쪽에만 나뭇잎이 무성했다. 초여름에는 준섭이 감 따던 장대로 그 연한 잎을 따주면 나물 무쳐 먹고 튀겨도 먹던 참죽나무도 만져 볼 수 없어서 미안했다. 서쪽으로 넘어가는 해의 발걸음대로 여름에는 천천히 겨울에는 서둘러 창문에 그림자를 만들어 주는 참죽나무. 그 창문이 국극단이 공연하는 네모난 무대처럼 보였다.

자리에 눕기 전 구경 갔던 여성 국극단인 임춘앵국극단, 조금앵국극단은 얼마나 근사하던지. 여성이 왕자로 분해 공주를 사랑하고 나라를 구하려는 비장함을 창으로 부를 때면 그 남자다움에 반하기도 했다

호동왕자와 낙랑공주, 햇님 달님, 원술랑을 보고 밤길을 걸어올 때 중앙극장 앞 군밤장사한테 군밤을 사서 준섭이 가만히 쥐어주던 따듯한 사랑이 아직도 남아 있다.

이순의 머릿속에는 왕자로 나왔던 임춘앵이 정말 남자가 아닐까 생각했다. 걸음걸이, 칼 쓰는 솜씨 얼마나 씩씩하던지. 조금앵의 소리는 여자의 목소리가 아니었다. 우렁차게

객석을 휘어잡았다. 여자도 남자처럼 강하게 사는 게 멋있어 보였다. 무대 위 연극을 위해 그렇게 한다면 평소에는 여자로 사는지 궁금했다. 여자로 당당하게 사는 게 힘이 들어 무대에서만이라도 남자로 씩씩하게 사는 것일까. 여성 국극단이니 여자로만 만들어진 극단이긴 할 텐데 몇 시간이라도 남자로 살아보는 배우들이 부럽기도 했다.

3일 동안의 공연이 끝나면 다른 도시로 트럭을 타고 떠난다고 한다. 집은 있는 걸까. 준섭이 쥐어준 군밤을 먹으며 나는 남편과 집으로 가니 좋다. 설핏 든 낮잠은 이순의 행복했던 시절을 영화처럼 보여줬다.

널판자를 담으로 하는 옆집 정옥이 엄마가 찐 고구마를 들고 병문안을 왔다. 몇 달이 지나도 일어나지 못하는 이순을 찾아보러 왔다.

"다리가 이렇게 심해서 어떡해. 병원 가보지 그래요."

"가봤죠. 가라앉히는 방법밖엔 없대요. 더 심해지면 다리를 자르는 수밖에 없다는데. 속으로 곪고 있는지 이 구멍으로 고름이 조금씩 나와요. 왕진 의사도 별 약이 없다고 하고. 그날 일으켜 주시지 않았으면 그 자리에서 죽었을 거예요."

"죽기는, 죽는 게 쉬운 줄 알아요? 벌써 와 본다는 게 일이 좀 있어서. 그날 어디 좀 다녀오던 길이었어요."

미간을 심하게 찌푸리며 어디 좀 다녀오는 길이었다는 정옥 엄마는 한숨을 길게 쉬었다. 좋은 일은 아닌가 보다 이순은 속으로 생각했지만 무슨 일이냐고 묻지는 못했다.

이순보다 열 살은 위인 정옥 엄마는 3남1녀, 4남매를 두었다. 키가 작달만하고 코 주변에 주근깨가 도드라져 보이는 4남매 엄마는 삼시세끼 밥하고 빨래하느라 머리는 수세미처럼 부스스했다. 정옥이 아버지는 기골이 장대하고 걸음걸이가 성큼성큼, 골목길에서 마주치면 큰 나무 만난 것 같았다. 무슨 집 짓는 회사 다닌다는데 돈을 잘 버는 것 같았다.

"희서가 형제가 없어 정옥네 자주 놀러가서 귀찮게 하죠?"

"귀찮게 하긴, 희서가 한 살 위인데 우리 정옥이도 남자 형제뿐이라 희서가 오면 좋아해."

주근깨 위에 근심이 짙게 내려앉아 보였던 정옥네 집에서 고함소리가 터져 나온 건 며칠 후였다.

"날 죽여라 죽여. 새끼를 넷이나 낳았는데 어디 기집질이냐. 입에 풀칠한 지 얼마나 됐다고 기집질이냐. 어떤 년하고 딴살림 차리고 자식들 보기 부끄럽지도 않니?"

"이년이 미쳤나. 어따 대고 삿대질이야. 그래 밖에다 살림 차려 돈 쓰느니 저 아랫방에 데려다 한집에서 같이 사는 게 뭐 어떻다는 거야. 네가 아무리 앙탈을 부려도 가장인 내가 한다면 하는 거야."

정옥 엄마의 찢어지는 소리가 한밤중을 갈랐다. 던지는 소리, 깨지는 소리, 아이들 우는 소리, 정옥 오빠가 아버지에게 대드는 소리……. 자다가 눈 뜬 준섭이 놀라서 한마디 했다.

"정옥 아버지 점잖은 분이 일 내셨네. 그렇게 안 봤는데, 아들도 있는 양반이."

이순도 옆집 부부싸움에 놀라서 깨어 있었다. 준섭의 혼잣말, 아들도 있는 양반이 라는 말에 이순은 감춰진 돌부리에 채인 듯 아픔이 생목처럼 올라왔다.

정옥네는 큰아들이 혼자 공부하던 방을 비워 첩의 살림방을 차렸다. 돈 벌어주는 가장의 위세에 대들어 봤자 그뿐이었다.

준섭이 신풍루에서 양은 냄비에 탕수육을 받아왔다.

"이거 중국집에서 받아 왔어. 이 국물이 걸쭉하고 달콤해. 먹자, 희서야. 맛있지? 당신 많이 먹어. 빨리 나려면 힘이 있어야지. 잘 먹어야 해."

탕수육을 처음 먹어보는 희서도 이순도 준섭에게 고마웠

다. 그 맛은 식혜하고 달랐고 약식하고도 달랐다.

"다음에 중국집 가서 시켜 먹으면 더 맛있어. 금방 만든 거 먹으니까 더 맛이 좋아. 당신 어서 일어나."

"형수, 몇 년 전에 신기한 약이 만들어졌대요. 부대에서 들었는데 곪는 병에 특효라는데. 조금만 기다리면 쉽게 구할 수 있는 약으로 나온대. 아 맞다. 페니실린이라고 무슨 곰팡이에서 발견했대. 형수 조금만 기다려 봐."

이순은 시동생 영섭이 전해준 소식이 위로가 됐다. 이순이 말없이 자신의 병을 인내하고 있었지만 인내로 되지 않는 게 있다는 걸 이순도 알고 준섭도 영섭도 알았다.

남양댁이 죽은 후 제수 옥천댁이 살림을 맡아 해주고 있어서 불편해도 김종구는 다시 여자를 들일 생각은 없었다. 급한 건 큰 손자가 아직 없고 큰며느리가 병중이라 후손을 못 볼지 모른다는 불안이었다. 김종기는 자신은 후사가 없어 외손만 봤지만 장손이 태어나지 않는 건 김 씨 집안에 불안한 일이었다. 더구나 전쟁 때 행방불명된 둘째 김종만이 후손이 없으니 그 제사도 준섭이 가져와 지내야 한다. 준섭의 아들 문제는 집안의 흥망성쇠가 달린 문제였다.

김종만은 폭격에 사망했다는 얘기와 인민군에 끌려갔다는 얘기가 분분했다. 준섭이 아는 은행 사람은 종만의 처갓집 식구들은 분명 일본으로 갔다고 했다. 그러나 종만의 소식은 아는 사람이 없었다.

영자가 친정아버지 김종기 생일에 다니러 온 날 김종구와 김종기는 영자를 불러 앉혔다.

"해가 바뀌어도 그러고 있으니. 몇 년째냐, 올케가 자리하고 누운 지. 이러다가 후사가 없을지도 모른다. 네가 병원에서 일하니 아들 낳아 줄 마땅한 여잘 알아봐라. 돈은 넉넉히 줄 테니. 옛날에도 씨받이가 있었다. 네 오빠 젊은 것도 잠깐이다."

"병원에 다닌다고 그런 거 알아볼 수 있는 거 아녜요. 제가 어디서 애 낳을 여자를 구해요?"

영자는 서울 올라가는 길에 준섭네에 들렀다. 사랑채에서 영섭이 댁 오신숙이 아기를 안고 나와 인사를 했다

"언니, 다리가 엔간해서 안 낫지. 누워만 있으니 얼마나 답답하우. 이 다리 좀 봐. 이렇게 띵띵 부어서 얼마나 아퍼요. 손톱 밑에 가시가 박혀도 아픈데."

"아가씨 어쩐 일이세요? 병원일 안 바빠요?"

"아버지 생신이라 반월에 다녀가는 길에 언니 본 지도 오

래돼서 들렀죠. 희서야 이루와 봐. 키가 많이 컸다. 학교 재미있어? 이 아줌마가 너 세상 나올 때 받아 준 산파였어."

"히히 아줌마가 간호원이지. 산파야."

희서는 정서 태어날 때 작은아버지가 장안동에서 산파를 데리고 온 것을 봐서 산파가 아기 낳을 때 도와주는 의사 같은 거라 생각했다.

"엄마, 나 정옥이네 놀러 갔다 올게."

희서는 이순의 다리를 건드릴까봐 조심하며 문을 열고 뛰어나갔다. 이순은 희서가 방에서 놀다가 아픈 오른쪽 다리를 건드릴까봐 벽 쪽으로 오른 다리가 오게 서쪽으로 머리를 두고 누워도 봤다. 준섭이 질색하며 다시 동쪽으로 머리를 두게 요를 잡아 끌었다.

"동쪽이나 남쪽으로 머리를 둬야 복이 오는 거야. 아침 해 뜨는 걸 먼저 받아야 운수가 좋아. 북쪽으로는 아예 머리 두고 잘 생각하지 말아. 희서 낮잠 잘 때도 북으로 머리 두지 않게 해."

"식구들 불편하잖아요. 안방 아랫목 벽 쪽으로 다리를 두려면 서쪽으로 머리 두는 수밖에요."

"그래도 안 돼. 또 당신 좋아하는 저 위 창문 누워서 해 지는 거도 보고 나뭇잎 물드는 것도 보고."

이순은 얼굴이 붉어졌다. 준섭이 자신이 그 창문을 보며 시간을 보내고 하염없는 생각을 그리는 걸 알고 있었다는 게 부끄러웠다. 돈 버는 일, 아버지, 영섭, 희서……. 책임감의 무게가 무거운 준섭이 안 됐다고 생각했다.

"엄마 다칠까봐 조심하는 게 기특하네."

희서가 정옥네 놀러간 다음 영자가 이순에게 힘든 얘기를 꺼냈다.

"이 약 저 약 써 봐도 안 낫죠. 아직 효험 있는 약이 없어서. 준섭 오빠가 올케언니한테 얼마나 잘해요. 어느 효자가 그렇게 해요. 가게도 세 개씩이나 하고 돈도 잘 벌지. 언니 복이야."

영자는 준섭이 이순에게 지극하게 정성을 들이고 있다는 걸 상기시켰다.

"올케언니. 어른들이 언니 걱정을 많이들 하세요. 병 걱정도 하시고 희서 동생이 안 생겨서도 걱정하고. 오빠 젊은 남잔데 힘들겠다고."

영자가 안경을 올리며 말을 마쳤다. 하기 어려운 말을 하고 나니 시원하기도 했다.

이순은 무얼 말하는지 안다. 아무 대답도 할 수가 없다. 정옥 엄마 보면 아들이 셋이나 있어도 한집에 첩과 같이 사는

데 자기의 처지는 오로지 준섭의 사랑에 기대고 살 뿐이다. 드디어 올 것이 왔다는 생각도 들었다. 마른 바람이 가슴을 젓고 갔다.

비칠 듯 투명한 이순의 얼굴을 보며 영자는 애잔한 생각이 들었다. 이런 얘기를 여자인 자기 말고 할 사람이 없어 얄궂기도 했다.

"언니, 애기 낳는 기계 같은 사람, 돈이 정말 필요해서 애 낳아주고 돈 받고 영원히 가버릴 여자…… 그 아이를 언니 아들로 호적에 올리면 다 해결되지 않을까요."

이순의 눈가가 파르르 떨렸다. 온몸이 추위 탄 듯 덜덜 떨렸다.

영자가 서울로 간 뒤 이순은 반짇고리를 당겨 뚜껑을 열었다. 어머니 최 씨는 작은 종잇조각들을 버리지 않고 모아뒀다. 창호지 문 뜯은 것, 장판하고 남은 종이, 신문지 쪼가리 종이를 모아놨던 가마니를 열어 그 종이들을 물에 담갔다. 며칠씩 물을 갈아주며 풀기를 빼고 먼지를 빼면 종이는 흐물흐물 갓 쑨 풀처럼 부드러워졌다.

밀가루 풀을 쑤어 불린 종이와 섞어 종이죽이 되면 함지박 안쪽에 조금씩 붙여서 함지박 모양이 되게 한다. 똑같은 모양이 되게 처덕처덕 몇 번에 걸쳐 붙였다. 함지박 안쪽에 같은 모양의 함지박 하나가 생기게 되면 바싹 마르기 전 꾸둑 꾸둑 말랐을 때 떼어내야 했다.

"꼭 잡고 있어. 잘못 잡으면 함지박 모양이 안 나오지. 우그러진 함지박도 있더냐. 그거 하나 꼭 잡지 못하면 어떻게 시집가서 큰살림하겠니."

그릇의 크기만 한 종이그릇을 만드는 일이었다. 남아있는 종이죽으로 네모난 나무상자에 붙였다. 지호공예를 맵차게 하는 최 씨의 솜씨는 위아래 마을에 소문이 나서 만들어 달라는 집이 많았다.

"이순아. 이거 마르면 이 종이상자에 색종이를 오려 붙여라. 너 시집가서 쓸 반짇고리니까 정성스럽게 해야지. 마르면 콩기름 칠해서 보자기에 싸서 벽장에 둬라. 시집갈 때 상자 안에 이불 꿰맬 굵은 실, 옷 지을 가는 실, 골무, 바늘 챙겨서 넣는 거 잊지 마라."

최 씨의 말이 떠올라 반짇고리 안에서 굵은 실을 꺼냈다가 넣고 다시 가는 실을 꺼냈다. 이불 호청이 아니고 준섭이 바지 터진 곳을 꿰매려고 이 상자를 열었는데 잠시 깜박했다. 이 반짇고리를 만들 때 시집가서 잘 살아 보려고 얼마나 정성을 다했나. 아픈 다리를 쳐다보니 더욱 비감해졌다.

봉자는 노래를 잘했다. 대구에서 떨어진 영천읍에서도 10 리를 걸어 들어가는 외진 마을에 딸 셋에 아들 하나인 가난한 집 첫째 딸이었다. 전쟁 이후 들에서 나물 캐고 땔감 해다 장에 내다 팔아서 여섯 식구가 입에 풀칠하기란 어려웠다. 읍내 소학교엔 갈 엄두가 안 나는 일이었다. 들에서 나물 캐고 먼 동네까지 가서 일해주고 밥 얻어 오는 형편이었다. 아들만 학교를 보냈다. 아버지가 전쟁 통에 한쪽 팔을 잃어 할 수 있는 일이 없었다. 남의 집 소 끌고 풀 먹이고 데려다 주는 일 정도였다.

봉자는 열일곱에 대구에 막걸리 파는 식당, 〈비산옥〉에 심부름 하는 아이로 가서 먹는 입 하나는 줄였다. 방이 둘 있는 술집에 손님이 오면 술심부름하다가 손님들이 한가락 뽑으면 봉자도 불렀다. 글을 깨치지 못해서 책을 보고 하는 게 아니고 다른 사람이 부르면 그냥 따라 부르면 노래가 됐다. 노래 부를 땐 신이 났고 가난한 집 생각이 사라졌다. 엄마의 푸념도 잊어버렸다.

열아홉이 되니 그 술집에서는 꼭 필요한 접대부였다. 얼굴이 넙대대하고 보통 키의 봉자는 무슨 말이든 금방 말문이 열리지 않았다. 그러나 노래할 때는 국수 가락처럼 길게 뽑아져 나왔다. 손님들은 그런 봉자가 재미있어서 말을 시켰다 노래를 시켰다 하면서 술집 매상을 올려줬다.

"연분홍 치마가……."

"두만강 푸른 물에……."

피난 온 이북사람들 틈에서 배불리 먹고 실컷 노래하고 따듯한 방에서 자고 〈비산옥〉에서 일하는 게 즐거웠다. 밥 먹여 주는 걸로 왔지만 2년 지나면서 술손님들이 노래 잘하는 봉자를 찾기 시작하자 주인은 월급을 주기 시작했다. 봉자가 손님을 끌기 시작하자 방패막이로 다른 술집 못 가게 월급을 주기로 한 것이다. 이만한 일자리가 없는 것 같았다. 신이 났다.

실향민들은 노래 잘하는 봉자네 가서 한 자락 부르고 술 마시면서 타향살이 서러움을 달래보고자 했다. 휴전이 되자 곧 고향으로 돌아가겠지 하는 기대는 실망으로 바뀌었다. 한 발자국이라도 고향 가까운 서울이 낫지, 이북 갈 길이 열리면 먼저 빨리 갈 수 있는 서울이 낫지, 장사를 해도 사람 많은 서울이 낫지…….

짐을 싸서 서울 가는 손님들 중에 김 씨는 생활력 강한 회령 사람이었다. 고향에 어머니 처자식 둘을 두고 피난 온 김 씨는 고향 가려면 돈이 필요하다고 인색하게 굴었다. 안주도 안 시키고 막걸리 한 잔만 시키기도 했다. 허튼 수작도 안 하니 믿음이 갔다.

"봉자는 서울 가면 노래 잘하니까 술장사 하더라도 대구에서보다 나을 거야. 또 나도 술 먹으러 가고."

서울이 궁금했고 김 씨가 삼촌처럼 믿음이 갔다. 떠나온 후 고향에 한 번도 간 적이 없는 봉자도 실향민하고 자기하고 다르지 않다고 생각했다.

한 끼도 못 벌어오는 불구의 아버지, 자식들 먹이려고 산으로 들로 나물 캐고 남의 집 일 다니다 허리가 굽은 엄마. 돈벌러 도시로 나온 봉자는 고향에 가고 싶지 않았다. 이렇게 사는 게 좋았다. 회령 사람 김 씨를 따라나섰다.

숭인동에 있는 〈고향집〉에 먹여주고 자는 조건으로 일하기 시작했다. 빈대떡도 부치고 나물도 무쳐 술상에 내놓았다. 대구 〈비산옥〉에서 3년 일하며 배운 것이 〈고향집〉에서 도움이 됐다. 그래도 뭐니, 뭐니 해도 술상에서 손님 비위 맞춰 부르는 노래가 봉자의 가치를 높여 주었다. 대구에서처럼 방에 들어가 노래하면 돈도 조금씩 벌 수 있었다.

실향민들의 주정은 불쌍한 처자식 구하러 3.8선을 넘어가야 하는 거 아니냐고 술 푸념을 하다가 친구들끼리 다투기도 했다. 봉자가 젓가락 장단 치며 한가락 뽑으면 다툼은 사라지고 꺼이꺼이 우는 사람, 잠들어 누워 버리는 사람, 같이 목

청 돋우는 사람…… 내 동생 이름이 금순이야, 굳세어라 금
순아 한 곡조 불러라 봉자야 라며 식구들을 그리워하는 사람
도 있었다.

아이가 둘인 영자의 출근 시간은 바빴다. 시어머니가 아이
들을 봐주지만 의사보다 30분은 먼저 출근하려면 서두르다
점심 도시락을 빼놓고 올 때도 종종 있었다. 점심 도시락 못
싸오는 날은 병원 옆 〈고향집〉에 가서 된장찌개로 점심을 했
다. 경상도 사투리를 쓰는 봉자가 주문받고 상을 봐줬다. 나
이는 영자보다 일고여덟 살 어릴 텐데 나이 들어 보이는 얼
굴이었다.

봉자는 간호원이 멋있어 보였다. 서울의원에 상냥한 영자
간호원이 부럽고 좋았다. 자기 형제들 중에 한 사람이라도
글을 알고 간호원이 됐으면 얼마나 좋았을까. 동생들은 어떻
게 지내는지 궁금했지만 잊고 싶었다. 속만 상했고 가보고
싶지는 않았다. 그럴수록 술상에서 술을 많이 마셨다.

"이년이 지가 다 처먹고 자빠졌어."

뺨을 후려치는 손님은 평양이 고향인 단골손님이었다. 그
날 그 단골손님은 봉자의 치마를 벗겼다.

회령사람 김 씨가 고향 동생과 오랜만에 〈고향집〉에 왔다. 대구에 있던 봉자를 서울로 데리고 온 김 씨는 고향 친구들하고 〈고향집〉에 가끔 들러 고향 얘기를 하며 눈을 지금거렸다.

　"봉자야 오랜만에 빈대떡 한 장하고 돼지고기 볶음, 막걸리 한 병."

　"장사 잘되시나 봐요."

　"아, 그래. 그럭저럭. 고향 동생을 우연히 시장에서 마주쳤어. 같은 마을에 살던 동생이 서울로 피난 온지 몰랐지."

　강천수는 스물아홉 노총각이었다. 비탈길 오르내리며 판잣집에 물 길어다 주고 돈을 버는 물장수였다. 포목장수 김 씨와 같은 고향 회령에서는 부잣집 아들이었다. 혼자 피난와서 돈 없이 할 수 있는 물장수로 생계를 마련하고 있었다. 몸 하나 밑천으로 하는 물장수 벌이는 짭짤했다.

　우물도 없는 산등성이에 다닥다닥 붙어있는 하꼬방에 사는 사람들은 여러 가족들이 모여 살았다. 집집마다 밥벌이하는 사람이 드물었다. 못 가는 고향 생각보다 먹고사는 힘겨움에 언덕배기 사람들의 삶은 더욱 가팔랐다. 전쟁은 파괴범이었다. 부서지고 깨지고 없어지고 가슴에 박힌 파편은 불도장으로 남았다. 다시 그 전처럼 그 전보다 더 좋은 삶은 어차피 누구도 생각 못했다.

물지게 지고 어깨가 빠질 듯 아픈 날 강천수는 〈고향집〉에 왔다. 술 한 잔으로 피곤을 풀고 싶었다. 봉자가 환하게 웃으며 반겨주었다.

"김 씨 아저씨하고 같이 안 오셨어요?"

"오늘 물 달라는 집이 많아서 한 열 시간 물지게 졌더니 어깨가 쓰려서 술 한 잔 먹고 가려고."

그날 봉자는 강천수와 잤다. 대구 술집에서 멋모르고 잘 때하고 달랐다. 자기 몸이 자기도 모르게 움직여지고 비명이 터져 나왔다. 강천수는 오동통한 봉자가 예쁘지 않아도 상관없었다. 술집 여자하고 결혼 같은 건 꿈조차 꾸지 않았다. 고향의 아버지 어머니 며느릿감은 번듯해야 했다. 솟아오르는 남자를 풀기 위한 도구로 봉자를 썼을 뿐이었다. 강천수는 회령 같은 동네 형 김 씨 포목점에서 일하는 스물일곱 주영이를 마음에 두고 있었다. 스물두 살 봉자는 얼굴이 피어나며 강천수하고 방 하나 얻어 살림 차릴 거란 기대에 부풀었다.

한 달 후 포목상 김 씨가 시장사람들하고 〈고향집〉에 왔다. 동태찌개 한 냄비 시켜놓고 한 잔 하고 분합문을 열고 가려다가 돌아서서 말했다.

"강천수 장가간다. 봉자야 너도 알지 고향 동생. 우리 가게에 있는 주영이하고, 내가 중신했지."

나하고 자기까지 했는데 무슨 소리냐고 말할 수 없었다. 결혼하자고 좋아한다고 말하고 더듬으며 잔 게 아니었다. 술 취한 강천수가 술상 옆에 있는 봉자의 옷고름을 풀고 치맛자락을 들치며 덮칠 때 봉자는 내버려 두었다. 강천수가 눌러 오는 힘에 봉자의 몸은 좋아서 흔들렸다. 강천수가 요동쳤다. 그런데 나 말고 나보다 나이 많은 주영이하고 결혼한다고? 주인도 손님도 다 돌아간 빈 술집에서 봉자는 소리 내어 울었다.

영자는 숭인동 서울의원에 출근해서도 마음이 어지러웠다. 큰아버지, 아버지는 병원에 다니면 뭐든 다 할 수 있다고 생각하고 서울에는 사람들이 많고 피난민도 많으니 돈 주고 아이 낳아 줄 여자 구할 수 있을 거란 말에 어렵다고 답은 했다.

"족보에 올릴 자식 없는 건 패가의 지름길이다. 종산지기 장손 종손이 없다는 건 우리 대에 끊긴다는 건 안 될 말이다."

어른들의 말이 머릿속에서 떠나지 않았다. 점심이라도 나가 먹고 올 생각으로 〈고향집〉을 찾았다. 눈이 퉁퉁 부은 봉

171

자가 밥상을 닦고 있었다. 평소와 달리 별 인사가 없었다.

"아유 봉자, 어디 아픈가봐. 병원에 들러. 체한데 먹는 약 줄게."

영자는 씨받이를 구해보라는 어른들의 부탁을 못한다고 말했다. 이순을 보고 가여워서 그런 일은 해서 안 된다고 생각했다. 하지만 준섭 오빠가 아들 없이 계속 살 사람 같지 않았다.

저녁 무렵 봉자가 병원 문을 빼꼼히 열고 들여다봤다.

"봉자 어서 와. 아직도 배가 아파? 얼굴이 많이 부었네."

봉자 줄 소화제를 병에서 꺼내면서 혼잣말처럼 영자가 중얼거렸다.

"돈 많이 준다는데 아들 하나 낳아주면 아들 낳고 돈 받고 입 싹 씻고 사라지면 그만이야. 집 사고 가게 사 갖고 있어봐, 총각들이 달라붙지."

영자는 봉자의 퉁퉁 부운 눈을 보자 말을 건네 볼 수도 있겠다는 생각이 들었다.

"목돈 마련하면 나쁠 게 없지. 고향집 같은 술집 차려 사장 하면 성공이지. 자식은 어차피 주면 첩의 자식이 아니라 본부인 호적에 오르는 친자식이 되니 깔끔하지."

영자가 혼잣말 치고는 큰소리로 중얼거리는 걸 충분히 들은 봉자는 소화제를 들고 〈고향집〉으로 갔다. 봉자는 강천수가 장가간다는 말을 듣고 혼자 헛물 켠 게 속상했다. 자기를 색시로 맞아 줄 남자는 없을 거라고 생각했다. 공부를 했나. 수를 잘 놓나. 부모가 온전한가. 비참한 생각이 들었다. 생각하고 싶지도 않던 부모 형제들도 다 자기같이 불쌍한 처지라는 생각이 들었다. 3일 후 봉자는 서울의원을 찾아갔다.

"형님, 영자 아가씨가 넌지시 말을 건네고 갔어요. 애기 낳아주고 돈만 받고 갈 여자를 알아봤다구요."

영자가 이순에게는 알아보면 어떠냐고 했지만 이미 마땅한 여자를 찾아 놨다는 얘기였다.

준섭은 물감상자를 지고 나혜석 집 모퉁이를 돌아 집으로 오면서 희서가 똑똑하니 나혜석처럼 뛰어난 여자가 될 수도 있다고 생각했다. 그러다 고개를 저었다. 자식을 버리고 바람나서 떠돌다가 죽은 여자. 아들 맞잡이가 되려면 공부 많이 시켜야지. 그래도 아들이 있어야지. 마음이 갈팡질팡 어지러웠다. 게다가 영자가 가게에 들러 했던 말이 뇌리에서 사라지지 않았다.

술 한 잔에도 얼굴 붉어지고 담배연기에 어지럼을 느끼는 준섭은 영자의 말을 생각할수록 어지러웠다. 이순이 아닌 다른 여자와 잠자리를 한다는 건 꿈에도 생각해 보지 않았다. 그런 배신은 안 될 말이었다. 그러면 아들을 어디서 얻나. 이순이 병은 더 심해져서 방에서 일어서지도 못하는데. 영자를 야단쳐서 올려 보냈지만 아들은 꼭 있어야 한다는 생각이 바뀐 건 아니었다. 아들 낳아주면 돈 줘서 보내고 자신의 호적에 올리면 이순과 사이에 아들로 되는 간단한 일인데 왜 망설이나 하는 생각이 똬리를 틀었다.

이순은 머리를 얼개 빗으로 빗었다. 푸르고 검은 머리가 물결쳤다. 머릿결을 잡고 한 갈래로 땋아서 비틀어 꽈서 쪽을 졌다. 비녀를 꽂았다. 이순이 준섭을 맞았다. 준섭이 올 시간이면 늘 하는 일이었다. 누울 땐 쪽진 머리를 풀고 준섭이 올 시간이면 단정하게 매무새를 가다듬었다.

누웠다 앉았다 하루에 몇 번 하는 운동은 십 리 길을 걷는 것과 같은 이순의 운동이었다. 누웠다 앉을 때 누가 등을 받쳐 주면 쉽게 앉을 수 있지만 혼자서는 다리를 건드리게 돼서 어려운 일이었다.

조심해서 팔꿈치와 배에 힘을 주고 한 손바닥을 방바닥에 대고 앉아서 뜨개질하던 손을 멈춘 이순을 보고 준섭이 말했다.

"누구 털바지 뜨는 거야?"

"서방님네 정서 바지요. 둘째 가진 거 같던데요."

준섭이 놀라서 입을 벌렸다. 형인 자기는 아들 하나 없는데 동생이 또 아들을 낳으면 양자를 들여야 하나 영자가 말한 여자를 데리고 와서 아이를 낳아야 하나. 아들 아니고 딸이면 아들 낳을 때까지 데리고 계속 살아야 하나 등등 휘몰아치는 생각에 벙벙하게 서 있었다.

"희서 아버지, 앉아 보세요. 말할 게 있어요."

이순은 마음을 다잡았다. 저 좋은 남자 준섭의 소원을 내가 가로막으면 안 되지. 내가 그 몫을 못하니 받아들여야지. 아기 낳는 기계가 돼주겠다는 여자, 돈 받고 아이 낳을 동안 한집에 살 여자를 이미 영자가 구했다는 건데. 준섭도 벌써 알고 있을 텐데. 내놓고 말하지 못하는 그 마음은 어떨까. 사랑 없이 여자를 만나서 같이 자고 그 몸에 씨를 심고 발아하기를 기다리는 동안 사랑이 싹 틀 수 있을까. 이순의 생각은 거기까지였다. 거기서 멈췄다.

영자가 봉자를 데리고 온 날은 추석이 지나서였다. 노란 저고리에 남색치마를 입고 온 봉자는 한쪽 얼굴이 약간 실그러진 것처럼 보였다.

"형님. 시중 들고 집안 살림도 하고……."

말끝을 흐렸다.

식모 천 씨가 쓰던 방이 어느새 신혼방으로 꾸며졌다. 천 씨는 소래 가서 생선 받아다 전처럼 동네 돌며 생선장수 한다고 짐을 쌌다.

준섭은 이순이 있는 방으로 오지 않았다. 이순은 준섭과 언제 하나였는지 잊어 버렸다. 하나였던 적이 있기나 한 건지……. 지워버려야 한다. 흔들림 없이 고요한 이순의 작은 얼굴이 투명해서 속이 보일 듯했다.

이순은 준섭과 나누었던 사랑의 행위, 다정한 말, 따스한 쓰다듬을 가마니에 넣어 깊게 판 땅속에 묻고 싶었다. 김장독을 묻는 것보다 더 깊이깊이 묻어야겠다고 다짐했다. 마음이 부서졌다. 마음의 부스러기가 깨진 사발처럼 흩어졌다 가슴에 박혔다.

사흘 후 준섭은 계면쩍은 얼굴로 한편 홀가분한 얼굴로 이순이 있는 안방으로 왔다. 식모처럼 일하는 봉자는 가게에 점심 내가는 일도 씩씩하게 했다. 이순이 했던 일을 봉자가 대신 했다. 잠자리도.

"엄마, 정옥이네 작은엄마 생겼대. 나도 작은엄마 생긴 거야? 진짜 작은엄마는 정서 엄마지, 맞지?"

이순은 희서의 질문에 어떻게 답할지 당황했다. 시간은 아픔을 뚫고 흘렀다.

오신숙이 부기가 남아 있는 얼굴로 둘째 아들을 안고 이순에게 보여준다고 안방으로 건너왔다.

"서방님 꼭 닮았네. 정서보다 머리숱이 많은 것 같지. 아유, 꼼지락거리는 이 입 좀 봐. 배고픈가봐. 어서 젖 물려."

태어난 지 삼칠일 된 아기에게 젖을 물리면서 오신숙이 말했다.

"봉자 몸이 무거워 보여요. 애 가진 것 같아요."

오신숙은 이순의 눈을 쳐다볼 수 없었다. 앉아서 젖을 먹는 아기를 들여다보던 이순은 허리를 펴며 다시 자리에 누웠다. 누운 채로 손을 뻗어 머리맡에 마루를 향해 난 손바닥만 한 창호지 문을 열었다. 마루 위 초가 처마와 석가래 사이에 어느새 제비가 와서 집을 짓고 있었다. 어디서 진흙을 물고 오는지 어디서 짚을 가져오는지 침과 함께 잘 섞어 든든한 집을 지었다. 작년에 와서 집 짓고 살다 간 제비일지도 모른다.

제비집을 쳐다보면서 이순은 제비가 알을 낳고 품고 새끼가 깨어나면 먹이를 날라다 입에 넣어 주는 제비 부모가 고마웠다. 제비집 턱이 낮으면 깨어난 새끼들 방이 좁아서 떨어지지 않을까 걱정도 됐다. 이 집에서 잘 살다 가라고 내년에도 오면 좋겠다고 혼잣말로 했다.

입덧도 없이 열 달을 넘기고 봉자는 아들을 낳았다. 쉽게도 아들을 쑥 낳았다. 준섭은 기쁜 표정을 감추지 않았다.

"이제 만상제가 생겼네."

"잘됐네요. 아들이라서."

"이놈이 크면 차례상, 제사상 차리는 걸 가르쳐야지. 어동육서, 홍동백서, 좌포우혜."

여자가 좋아서가 아니라 바로 이러려고 아들을 갖고 싶었던 거라는 뜻을 이순에게 말하는 거였다. 이순도 아들이라서 다행이라고 생각했다. 어차피 질투하고 시샘할 처지가 아니었다. 다리는 점점 무거워지며 누런 고름이 더 나왔다.

지팡이를 짚고 벽을 짚고 마루까지 나가 봤다. 몇 걸음 떼면 무거운 오른쪽 다리가 지탱을 못했다. 오른쪽 다리를 뻗은 채 마루에 걸터앉아 보았다. 마당 한가운데 꽃밭에 피어 있는 채송화, 백합, 가을 되면 과꽃, 양귀비. 마당 가장자리 우물가에 흰 석류나무. 이순은 어떤 꽃이 무슨 색으로 먼저 피어날까 기다렸다 시장에서 한 그루 한 그루 사다가 그 꽃들을 심을 때 따뜻한 운무에 싸여 있는 듯 했다.

사랑에 서툴고 필 때 못 피어난 철 지난 아니 철을 잃어버린 자신은 혼자 무엇에 기대고 서있나. 기다림의 끝은 있나. 영섭이 말한 페니실린이라는 약은 언제 구할 수 있나. 말은 안 하고 있지만 애가 탔다. 다리만 다 나아 걸을 수 있다면 꽃밭을 만들 때로 돌아갈 수 있는 걸까. 준섭에게 기대지 않고 살 수는 있는 걸까. 공부를 안 해서 글자도 다 떼지 못하고서 어디서 무얼 할 수 있나. 남의 집 식모살이 밖에 할 수 있는 게 없다. 남의 집 살림해 주고 돈 받을 만큼 건강하지도 못한데. 아무나 나혜석이 되는 건 아니란 걸 안다. 길에서 죽었다 해도 하고 싶은 거 하고, 그리고 싶은 거 그리고, 다니고 싶은 데 다니고, 못 살겠으면 이혼하고, 연애하고 싶으면 연애하고…… 나혜석이 부러웠다. 난 아무것도 할 수가 없다. 할 수 있는 재주가 능력이 없다. 매달려 살 수 밖에 없는 팔자를 누가 만들었나.

봉자가 아기를 데리고 안방으로 왔다. 작은 것은 다 예쁘다. 친정집 누런 덕구가 새끼를 낳았을 때 얼마나 예뻤나. 닭장 안 암탉 품에서 깨어난 병아리는 얼마나 예뻤나. 이순은 아기가 준섭의 아들이니 나에게 온 선물인가, 이 선물이 내 것인가 잠깐 멈칫했다. 준섭과 봉자의 잠자리 결과로 태어난 아기라는 사실이 생각을 비집고 들어왔다. 봉자와 잠자리를 하고 안방으로 왔을 때 준섭의 훤하던 얼굴이 잊히지 않는다. 가을 하늘 구름 따라 고추잠자리 잡으러 뛰어다니다 마침내 손가락 사이에 빨간 고추잠자리를 끼고 들어온 신나는 천진스런 얼굴이었다. 뒤이어 계면쩍은 표정이 깃들여졌지만 그건 이순이 알고 있는 준섭의 자연스러운 표정이 아니었다.

어차피 혼자 살 능력도 없고 아픈 몸을 지탱할 수도 없다. 나혜석처럼 마음대로 멋대로 살 수 있는 날이 자신에게는 없다는 걸 충분히 알고 있었다. 다 낡은 국어책, 문교부에서 나온 바둑이와 철수가 이순의 베개 옆에 접혀져 있었다.

시장에 점심 내갔다 들어온 봉자는 주머니에서 초콜릿, 사탕, 미제 과자를 방구석에 쌓아 놨다. 봉자가 고향으로 갈 때를 대비해 온 식모 옥분이에게도 가끔 줬다.

"명서 아줌마 이런 거 비싸지요? 미제니까 맛있는데 비싸죠?"

"큰엄마 모르게 조용히 해. 응, 비싸."

봉자는 가게에 점심 내가는 게 즐거웠다. 손님들 많을 때 여기저기서 물건 값 낼 때 준섭 혼자서 돈 받기 바쁠 때 봉자는 받은 돈을 통에 넣지 않고 몸뻬 주머니에 넣었다. 점원들은 창고에서 물건을 꺼내고 물건을 상자에 넣어 묶고 정신없이 복잡할 때 일을 거들며 봉자는 몫을 챙겼다. 시장 사람들이 번영상회 첩이라 말하는 걸 알았지만 이제 얼마 안 있으면 고향으로 갈 거니까 잠시 견디면 된다 생각했다.

빈 그릇을 이고 집으로 가는 길 시장 끝에 죽 있는 작은 양키물건 가게 앞을 그냥 지나칠 수 없었다. 미제 화장품도 하나둘 사기 시작했다. 시골 엄마의 그을음 탄 것 같은 얼굴도 뽀얗게 만들어 줄 것 같았다. 동생들에게 줄 초콜릿, 미제 사탕도 사서 모았다. 고향으로 갈 준비였다. 부대에서 미제 물건을 빼내 가게에 넘기는 장병재가 봉자에게 껌 한통을 줬다.

"이거 향이 아주 좋아. 한 통 씹어 봐요."

"공짜로 주는 거예요?"

"단골손님인데 까짓 거 껌 한 통."

양키물건 가게에서 자주 마주친 장병재는 봉자가 바지 속 주머니에서 꺼낸 구깃구깃한 돈을 펴서 물건 값을 내는 걸 보고 훔친 돈이라는 걸 금방 알아챘다.

"아가씨 아니 아줌마. 미제 물건 좋아하면 댄스도 출 줄 알아야 사모님이지. 가르쳐주는 데가 저기 지동에 있어."

명서 백일이 지나자 봉자가 약속한 돈을 달라고 했다. 고향 가서 집도 사고 논도 사고 식구들하고 살겠다고 했다. 씨받이도 끝났으니 주기로 한 돈을 달라는 거였다.

거적때기 들치고 들어가면 허리 다친 아버지가 누워 있고 일에 찌든 엄마는 오늘도 이집 저집 일 다니며 밥벌이 할 것이다. 집 떠나온 지 6년 만에 가려니 잊고 싶었던 비참한 고향, 움막이 번개처럼 다가왔다. 빨리 돈 갖고 가서 원 없이 엄마를 기쁘게 해주고 싶었다.

준섭이 나무 장농 맨 아래서랍을 열어 방바닥에 내려놓았다. 그 아래 차곡차곡 두었던 돈 뭉치를 꺼냈다. 이순이 인두로 대리면 준섭이 반듯하게 묶어 둔 돈, 노끈으로 열십자로 단단하게 묶어 논 돈 다발. 어떤 날은 요 밑에 깔고 자면 반반하게 차분해졌다. 준섭이 벌어 온 돈이었다. 이순이 말했다.

"희서 아버지, 약속한 거보다 더 줘요. 자식 두고 가는 맘이 어떻겠어요. 아직 어려서 그렇지. 마땅한 남자 만나 결혼하려면 돈이 힘이 될 거예요."

"이 돈 가지고 가서 잘 살아라. 명서는 우리 호적에 올릴 테니 걱정 말고. 조심해서 기차역까지 가야 된다."

"친자식으로 잘 키울 테니 걱정 말고 좋은 남자 만나서 잘 살아."

큰 보자기에 싼 돈뭉치는 봉자 혼자 들기엔 무거워 보였다. 쌀자루 같았다. 봉자는 애초에 각오가 돼 있어서인지 가는 발걸음이 무겁지 않았다. 애기가 가엾거나 보고 싶을 것 같지 않았다. 오직 저 많은 돈을 집에 갖다 주면 좋아할 엄마 얼굴만 떠올랐다. 움막이 아닌 번듯한 집을 사고 논과 밭, 과수원도 살 수 있을 것 같았다. 한 움큼의 햇볕이 비치기 전 봉자는 돈 보따리를 껴안고 기차역으로 갔다.

준섭은 아이를 하루빨리 호적에 올리고 싶었다. 이제 봉자도 돈 받고 떠났으니 홀가분한 마음으로 본적지 가는 버스에 탔다. 본적지에 김준섭 아들 김명서로 올리러 갔다.

준섭은 자기 생일에 태어난 조카 정서가 호적에 올라 있나 봤다. 영섭은 아직 총각으로 혼인신고도 안 돼 있고 정서도 호적에 올라 있지 않았다. 아무리 바빠도 아직 호적에 안 올리다니 영섭에게 말해야겠다고 생각하고 집으로 왔다.

"여보, 영섭이 혼인신고도 안 돼 있어. 정서도 출생신고가 안 되어 있고. 아무리 바빠도 그렇지. 나도 말할 테니까 제수씨에게 말해. 빨리 신고하라구."

"어째서 아직 안 올렸을까요. 내일 동서한테 단단히 이를게요."

"그리고 영섭이 미국으로 아주 살러 갈 생각도 하던데 그래서 혼인신고 미루고 있나."

처음 듣는 이민에 대해서 이순이 놀라서 숨을 들이켰다. 다음날 이순은 동서 오신숙에게 말했다.

"형님이 어제 명서 출생신고 하러 갔다가 동서 혼인신고 아직 안 돼 있다고 놀라시던데."

오신숙은 당황한 표정으로 차일피일 미루다 그렇게 됐다고 말했다.

"어른들 혼인신고 안 해서 정서는 세상에 없는 아이가 됐네."

이민 간다는 얘기는 준섭도 확실하게 말한 게 아니라 물어보고 싶었지만 참았다.

영섭이 페니실린에 관한 소식을 전한 날 이순은 서러움과 설렘으로 울었다.

"형수, 이 약을 구라파에서 세계 전쟁 났을 때 군인들한테 썼는데 우리나라에서는 해방 이후 군대에서 이 균주를 배양하는 데 성공했대. 그런데 6.25가 났잖아. 흐지부지 됐다가 전쟁 끝나고 52년인가 동양약품공업회사에서 만들기 시작했는데 균을 배양하는 데까지 성공하고 완전 약으로 만드는 것까지는 안 됐대. 반제품이지. 약국에서 파는 것까지는 안 됐대. 이 약 만든 사람들이 노벨상을 탔으니까 얼마나 좋은 약이겠어요."

"서방님, 물 좀 마시고 천천히 말씀하세요. 알아보시느라 애쓰셨죠."

영섭은 쉼 없이 이 약이 얼마나 좋은 약인지를 말하면서 이순의 고통은 이제 끝났다는 확신을 주려 했다.

"이 약이 워낙 확실하고 뛰어난 효과가 있으니까 작년에 한국제약산업회사가 이 약 만드는 기술을 가지고 있는 독일에 가서 기술을 받기로 계약했대. 형수 조금만 기다려. 그 기술로 항생제를 만들기 시작했대. 일이 년 안으로 약국에서 약을 살 수 있을 거야. 형수 조금만 기다려. 내가 부대에서 이것만 알아보니까 의무대 가서 근무하래. 하하."

이순은 알아들을 수 없는 얘기도 있었지만 동갑내기 시동생이 소리 지르듯 신나서 하는 얘기에 희망의 빛을 보았다.

"서방님, 아직 혼인신고를 안 하셨다는데, 형이 어제 명서 출생신고 하러 갔다 놀라서."

"아. 네. 해야죠. 곧 할 거예요."

"서방님 고마워요. 다 난거 같애요. 그런데 미국으로 아예 살러 가신다는 거 정말 결정하신 거예요? 여기서 같이 사시면 안 돼요?"

형수를 얼마나 걱정했으면 페니실린이라는 약에 대해서 이렇게 자세히 알아봤는지 형수가 고마워 눈물이라도 흘릴지 모른다고 생각했었다. 그러나 자기들의 이민에 대해 가지 말았으면 하는 간절한 생각을 먼저 말했다,

목청 높여 말하던 영섭이 이순의 질문에 묵묵히 말을 멈췄다. 자기들이 떠난 후 형수가 감당할 인생. 다리의 고통이 끝나지 않은 상태에서 남겨질 형수. 아들 두고 돈 받고 떠난 명서 엄마가 다시 오지 않는다는 보장도 없다. 형수는 다리가 낫는다 해도 명서 엄마라는 여자와 한 남자를 나눠 사는 운명 앞에 서 있었고 더구나 가계를 이을 아들을 낳은 여자하고 한집에 사는 가혹함은 본처라서 더욱 고통스러울 거라는 생각을 했다.

형이 형수를 위한다고 하지만 아들 낳은 명서 엄마와 구별과 차별 사이 어려운 시간들이 형 앞에도 기다리고 있다고 생각했다. 형수의 이민 만류에 영섭은 오신숙의 갈망을 무시할 수 없는 입장이 새삼스러웠다. 또 두 아들 정서와 영서는 미국이라는 큰 나라에 가서 키우고 싶었다. 미군부대 다니며 본 미국은 우리나라하고 달랐다. 열심히 하면 뭐든 될 것 같은 나라로 보였다. 이 온순하고 아름다운 형수가 마음 편히 살 수 있을까 걱정하고 있었지만 정작 가지 말라는 청을 들

186

으니 물에 빠진 당나귀처럼 마음이 무거워졌다.

　준섭은 원하는 대로 아들을 얻었고 그 아이를 귀여워하며 어르는 이순을 보며 더 바랄 게 없었다. 남매를 잘 키우려면 더 많이 벌어야 했다. 준섭은 힘이 났다. 더 일찍 가게 문을 열고 더 늦게 가게 문을 닫았다. 점원들은 주인아저씨가 전보다 더 부지런해서 자기들이 피곤하다고 구시렁거렸다. 물감장사는 전만 못했다. 입던 옷을 다시 수선해서 입기보다 손이 안 가는 나일론이란 천으로 만든 옷을 아이들에게 입혔다. 땀이 차고 바람이 안 통하는 옷이었지만 아이들은 무명 옷보다 신식이라 좋아했다.

　어물가게, 일상 용품을 파는 두 가게는 풍선처럼 커졌다. 숨 돌릴 사이 없이 바빴다. 새로 온 식모 옥분이도 깔끔하게 살림을 했다. 이순의 심부름도 있고 방 안에서 볼일 볼 수밖에 없는 심부름도 있어 월급을 더 얹어 줬다. 가난한 부모를 위해 식모살이 온 옥분은 월급 많은 게 중요했다. 얼굴이 이쁜 주인아주머니가 마당까지도 걷지 못하는 게 불쌍했다.

　설 대목을 위해 동대문 시장에서 제수 용품들을 대량 구매했다. 시세를 보니 어물들은 아무래도 속초에서 큰 장을 봐야 이문이 많을 거라 생각했다. 속초 중앙시장 상인회에 전

화를 걸었다. 칠복상회 바꿔 달라고 해서 통화를 했다.

"칠복아 며칠 안에 갈 테니 좋은 물건 준비하고 있어. 조상님 모시는 제사는 전쟁 전보다 극진해진 것 같다. 조상께 효도해야 다 잘 풀리지. 북어 오징어 문어포…….”

"형님 문어는 오려서 예쁘게 만든 게 있고 통문어 잘 말린 것도 있는데요.”

"통문어는 값이 나갈걸. 두 마리만 하고 오린 문어는 스무 개.”

경기지방에서는 문어를 많이 쓰지 않는데 전쟁 이후 각지에서 온 사람들이 모여 살게 됐으니까 그 점도 고려해야 했다. 전쟁 전에 찾아가서 어물을 떼다가 전쟁 치르고 팔았던 게 생각났다. 전쟁 이후 처음 큰 장을 보는 셈이다.

"형님, 전 남매 두었어요. 희서 잘 크죠? 여기 속초는 옛날 속초가 아니에요. 피난민들이 많이 내려와서 동네 하나를 만들었어요.”

"그래. 그럼 장사 잘되겠구나. 나도 아들 하나 낳아서 남매 됐다.”

"형수님, 편찮으시다더니 완쾌 되셨군요. 형님 정말 축하합니다.”

칠복은 당연히 이순이가 아들을 낳았으려니 해서 진심으

로 축하했다.

비 내리는 가을 날. 추운 것도 시원한 것도 아닌 축축한 을 씨년스러운 날. 창밖 참죽나무도 이파리를 다 떨구고 큰 키 만큼 외롭게 보였다. 누워 있는 이순의 눈에는 나무의 가운 데만 보였다. 몇 사람 장정의 다리가 모여 있는 것 같았다.

"엄마, 내 짝 강순이야."

"안녕하세요."

"네가 강순이구나. 거기 앉아라. 키가 희서보다 한 뼘은 더 크네."

1학년 겨울 방학식을 한 날 희서가 짝 강순이를 집으로 데 리고 왔다.

"강순이는 나보다 공부 더 잘해."

피난길에 부모 손을 놓친 강순이는 열 살에 국민학교에 입 학했다. 앙카라 고아원에는 친구들이 많았다.

"네 고향이 어디니?"

"해주에요. 배 타고 오다가 멀미를 많이 했어요. 토하고 어지럽고, 인천 어디라는데 내려서 걸어오다 폭격을 맞아서 어머니 아버지를 잃어 버렸어요. 난 논두렁으로 굴러 떨어졌 는데, 동생도 있었는데 사람들이 엄청 많아서 찾을 수가 없었어요."

부모 손을 놓친 경위를 자세히 말하면서도 울거나 슬퍼하는 표정이 안 보였다.

"군인 아저씨들이 트럭 타라고 해서 타고 왔어요."

"그랬구나. 좀 기다리면 어머니가 너 찾으러 고아원마다 다니실 테니 거기서 원장님 말씀 잘 듣고 공부 열심히 하고 있으렴."

강순이 부모가 폭격에 살아남았기를 빌면서 철이 든 열 살짜리 강순이가 잘 이겨낼 수 있을까 걱정이 됐다.

"희서야 빨리 나와라. 고무줄 하게."

바깥마당에서 동네 친구들이 큰소리로 불렀다. 희서와 강순이 고무줄 한다고 동네 마당으로 나갔다. 희서는 어둑해진 저녁에 집에 들어왔다.

"엄마. 작은엄마 미국 가요?"

"무슨 소리니?"

"작은아버지하고 작은엄마하고 얘기하는 거 들었어. 대문 열고 들어오는데 큰소리로 싸우시는 거 같았어. 미국 가자, 안 돼, 뭐 이렇게. 나 배고파. 옥분언니 밥 줘."

오신숙이 그 얘기를 한 건 희서가 말한 지 닷새 지나서였다. 하루에 한 번은 들여다보고 안부를 묻고 하는데 이 날은 차림새가 달랐다. 화장한 얼굴에 머리도 파마를 해서 낯선 얼굴로 느껴졌다.

"동서, 무슨 일이야. 외출하려고?"

"형님, 꼭 말씀드리고 싶었는데 차일피일 하다가……. 일제 때 순경들이 우리 마을에 들어와서 처녀들을 마구 잡아갔어요. 우리 동네에서도 잡혀간 처녀가 있었죠. 저랑 같이 앉아서 수놓던 친구였어요. 놀란 아버지가 일본 놈들한테 잡혀가느니 이웃 마을 술주정꾼 노총각에게 강제로 시집보냈죠. 행패를 견디지 못하고 무작정 기차 타고 올라오다 내린 데가 송탄이었죠."

부대 앞 술집에서 일하게 된 과정을 오신숙이 눈물범벅이 돼서 얘기했다. 영섭이 다니는 부대 앞이었으니 영섭을 만나게 된 경위를 설명하는 셈이었다. 왠지 결혼식에 친정 식구들이 안 보여서 이상하다고 준섭과 얘기했던 게 떠올랐다.

"형님, 오늘 사진 찍고 왔어요. 여권 사진이요. 혼인신고는 동래에 가서 서류를 떼 와서 신고해야 하는데 가지 못해서 아직 못했어요. 부모님께 인사드릴 겸 정서 아버지랑 고향에 다녀오려구요. 애기들 데리고 가면 부모님도 용서 해주시겠지요."

"그 먼저 결혼은?"

"매일 술 먹고 집안 물건 부시고 그런 짓 하느라 혼인신고는 생각도 못하는 위인이었어요. 신고했으면 제가 몰래 도망치기도 어려웠을 거예요. 혼인신고 안 된 채 2년여 살다가 도망쳤으니 처녀로 남아 있죠. 본적지에."

"그거 다행이네. 호적에 올라 있으면 지워도 지워지지 않는데 정말 다행이네."

"아주버님 모르셨으면 좋겠어요. 저를 얼마나 더럽게 보시겠어요?"

"그렇지는 않겠지만 모르시는 것보다는 못하겠지."

"정서 아버지한테는 너무 미안한 일인데 제가 속이지는 않았어요. 그래도 여기 계속 눌러 살면 언젠가 알려지고 정서 아버지가 괴로워 할 테죠. 이 땅을 떠나 미국 가서 열심히 일해서 아이들 훌륭하게 키우고 싶어요. 남의 빨래도 해주고 식당에서 설거지도 하고…… 돈 많이 벌어서 아들 둘 의사도 변호사도 만들고 싶어요."

"그래야지. 고향 떠나 멀리 가는데 아이들 훌륭한 인물로 키우는 것 이상 보람이 어디 있겠어. 동서나 서방님이나 서로 믿고 의지하니 잘해 낼 거야. 무엇보다 사지가 멀쩡한 게 큰 복이야. 나처럼 이렇게 아프면 얼마나 힘든지 몰라."

"형님 편찮으신데 보살펴 드리지도 못하고…… 명서 엄마

일 참 속상하고 힘든 일 겪으실 때 어떻게 해 드려야 할지 몰라서 저도 괴로웠어요."

이순은 사랑채에 시동생과 동서가 있는 게 든든했다. 사람이 괜찮은 오신숙은 나이가 든 만큼 신중했다. 영섭은 준섭이 씨받이 얻는 일을 주선한 사촌 누나 영자에게 무슨 못할 짓을 하는 거냐며 다시는 보지말자고 의절했다.

영섭과 오신숙의 이민 얘기를 들은 이순은 전쟁터에서 아군을 잃은 것 같은 심정이었다. 이순은 오래도록 눌러왔던 울음이 비어져 나왔다.

"정서 아버지 부대에 데리고 간 헨리 대위가 미국 가는 길 열어 준대요. 형님, 금방은 아니고 수속하려면 몇 달 걸릴 거래요. 미국 가면 형님 약도 알아보기가 수월 하겠죠, 아무래도."

이순은 체한 듯 답답했다. 마음은 어수선했고 혼쾌히 축하의 말이 나오지 않았다. 형제끼리 의논할 일이라 생각했다. 영섭이 준섭에게 이민에 대한 얘기를 한 건 달포 뒤였다.

"기회인 것 같다. 신문에 보면 미국이 엄청난 나라인 거 같더라. 아버지는 장남인 내가 있으니까 걱정하지 말아라. 미국 가서 자리 잡고 정서, 영서 키울 때 돈이 필요하면 편지 보내라. 반월 논 네 몫으로 생각한 거 아버지랑 의논해서 팔아서 보낼게. 너 일본 놈 경찰에 잡혀갔을 때 빼내느라 논 일곱 마지기 판 거는 알고 있지?"

영섭은 준섭이 간단하게 정리해서 놀랐다. 미국에서 자리 잡을 때 필요한 돈 마련할 방법을 얘기하는 게 더욱 놀라웠다. 이민 준비는 느리지만 계획대로 잘 진행됐다.

일제 때 독립운동 하다가 잡혀서 고문으로 두 손가락을 잃은 영섭은 오미숙의 과거에 동병상련의 아픔을 느꼈었다. 미국인 바에서 처음 봤을 때 오신숙은 가을 햇살에 피어있는 키 작은 코스모스 같았다. 오신숙이 과거를 말했을 때 자기가 품어 줘야 되는 상처라고 생각했다. 영섭 품속에서 오신숙은 더없이 사랑스러운 꽃이었다. 자그마한 사슴이었다. 이 여자를 품고 이 나라에서 계속 사느니 새로운 세상에서 살고 싶었다.

혼자된 아버지, 형과 아픈 형수 생각하면 쉬운 결정이 아니라 오신숙과 언쟁도 했지만 헨리 대위의 도움을 거절하면 나중에 후회할 것 같았다. 무엇보다 오신숙의 과거를 집안에서 알고 난 후 시달릴 걸 생각하면 떠나는 게 정답이었다. 이순도, 영섭도 준섭에게 오신숙의 과거는 말하지 않기로 이심전심으로 약속했지만 결국 알게 될 텐데 그때 받게 될 오신숙의 괴로움이 싫었다.

부대에서 본 미국이라는 나라의 문화는 한국하고 달랐다. 이제는 어느 정도 익숙해졌지만 모든 사람에게 존댓말이 없는 게 이상했다. 물론 높은 계급자에게 말할 기회가 별로 없었지만 또 말을 완전히 이해하지도 못했지만 태도가 다 똑같아 보였다. 조심스럽게 대하는 영섭을 헨리 대위가 좋아하기는 했다.

설 대목을 보기 위해 어물도 준비했지만 오래된 옷을 다시 지으려면 빨고 삶아서 다듬이로 두드려야 한다.

설 대목, 물감장사에 필요한 빙초산 항아리, 양잿물 통, 백반 통을 참죽나무 아래 옆으로 길게 뉘이고 가마니로 덮었다. 판자로 된 부엌 뒷문을 열고 두 걸음이면 참죽나무 아래 양잿물, 백반, 빙초산이 포탄처럼 쌓여 있는 걸 만날 수 있었다. 염색할 때 백반을 조금 넣으면 나중에 색이 바래지 않는다는 걸 안 준섭이 올해 한 가지 더 백반을 구입했다. 안방 서쪽 참죽나무가 보이는 창문으로 이 항아리들을 내려다보며 준섭은 대목을 잘 보면 기와집을 살 수 있을 거라 생각했다.

"여보, 저기 쌓아 논 저 항아리들이 돈 벌어주는 도깨비 항아리야. 이번 대목 잘 보면 서울에 있는 큰 병원 다시 가보자구."

기와집 사고 싶은 얘기는 숨기고 이순 병원 가보자는 얘기를 건넸다.

　"희서 아버지, 병원 가봤자 소용없어요. 그때 갔을 때도 잘 가라앉히고 심해지면 절단하는 수밖에 없다고 했는데 그 후로 심해지지도 않고 꼭 이 모양새로 아프고 고름 나오고. 당신한테 미안해서."

　"영섭이 말이 나라에서 페니실린이라는 약 만든다고 독일까지 다녀왔대잖아. 조금 참아봐. 그때도 돈이 필요하지. 희서 명서 남매 잘 키울 돈. 다 대학 보내야지. 희서는 딸이니까 고등학교만 나와도 얼굴이 예쁘니까 시집 잘 보낼 수 있을걸."

　"희서 아버지, 희서 꼭 대학 보내고 싶어요. 공부 잘하면 대학도 미국 유학도 갈 수 있지. 일찍 시집가서 애 낳고 살림하고 그러다 늙고."

　"나이 들면 여자는 쉬서 안 돼. 예쁠 때 시집가야지. 당신 스무 살 때 얼마나 예뻤어. 내가 지곡리에 선보러 가서 첫눈에 반했잖아. 공부 많이 하고 유학 가봐. 나혜석처럼 바람나서 자식 버리고 떠돌다가 길에서 죽는 팔자야. 여자는 대가 세면 부러져."

　둘의 작은 언쟁은 생각이 다른 것만 인식하고 대화는 아이들이 들어오면서 끊겼다.

어두워지자 밖에서 고무줄놀이 하던 희서가 코를 흘리며 들어왔다. 업고 있던 명서를 옥분이가 방에다 내려놓았다. 옥분이 등과 포대기에서는 오줌 냄새와 함께 더운 김이 올라왔다. 명서가 기어서 아버지 준섭에게 갔다. 다시 이순 쪽을 보며 안아 달라고 몸을 비틀었다. 이순은 앉아서 안아 주다가 힘들면 방바닥에 내려놓았다

"희서야 나가서 세수하고 와. 얼굴이 까마귀 삼촌 같다."

"히히 까마귀 삼촌이 뭐야. 명서는 사촌이야."

"세상 말세야. 서울신문에 연재소설 있잖아. 자유부인. 그냥 소설인 줄 알았더니 더한 일이 있는 거야. 남자들 다 속고 있는 거야."

"무슨 큰일이 났어요?"

"이것 보라구. 박인수라고 멀쩡하게 생긴 놈이 현역 해군 대위, 헌병이라고 속여서 여자를 몇 명이나 따먹었나 하면 70명도 더 된대. 그중 처녀는 딱 한명이었대."

"여자들한테 그런 거짓말을."

"속는 게 바보지. 해군제복 입고 멀쩡하게 생겼다고 다 몸 주냐구. 희서는 일찍 시집보내야 돼."

"희서 아버지. 희서는 공부 잘하면 할 수 있는 데까지 시켜

야지요."

"안 돼. 나혜석도 공부 잘했지. 늘 일등이었지. 못된 송아지 엉덩이에서 뿔난다고 이런 놈들이 대학교도 다녔대. 해군 사병으로 근무했었기에 장교 흉내는 건 식은 죽 먹기였겠지. 여자들 꼬시는 건 냉수 마시는 것보다 쉬웠을 거야."

"남자들도 잘 자라야지. 그런 못된 짓을 해서 인생 망치는 거 보면."

매일 갖고 들어오던 신문을 며칠에 한 번씩 들고 왔다. 준섭은 자유부인 연재소설이 문제라고 생각했다. 바람날 일이 없는 여자들에게 이럴 수도 있다고 헛바람을 가르쳐 준다고 생각했다. 그나마 박인수 사건으로 화난 준섭을 위로해 준 건 판결문이었다.

법은 정숙한 여인의 건전하고 순결한 정조만을 보호할 수 있다. 자기 스스로 보호하지 않는 순결은 법이 보호할 필요가 없다.

정서, 영서 두 아들을 데리고 오신숙의 고향 동래에 다녀온 영섭은 후련해 졌다. 오신숙은 시집가서 야반도주한 여자의 집안이라고 욕을 먹고 있을 친정에 남자와 애기를 데리고 가니 귀신 아니냐며 모두 놀랐다. 이웃들은 쑥덕거렸다.

"남자가 있어서 신랑 팽개치고 야반도주한 거 아냐?"

"자식 둘이나 안고 왔으니 이제 욕하는 것도 끝이지. 근데 저 남자는 신숙이가 한 번 결혼했던 거 알고 장가든 걸까?"

"모르지 신숙이가 말하지 않았으면 어떻게 알겠어. 저 남자도 첫 결혼이 아닌지도 모르지. 어쨌든 신숙이 신수가 훤하니 때깔이 벗겨졌네."

죽은 줄 알았던 딸이 애기까지 안고 오니 부모는 노여움은 오간 데 없이 반가운 눈물만 흘렸다. 이웃 마을 술주정꾼 전 남편은 웬 과부하고 살림을 차려서 살고 있다고 마음 놓으라고 어머니는 말했다. 아버지 오성규는 일본 놈들한테 잡혀갈까봐 억지로 보낸 시집이 미안해서인지 사위 영섭과 외손자 정서, 영서에게 눈을 떼지 못했다.

"다 팔자소관이다. 더 잘되려고 그런 고생이 있었던 거지. 자네는 어디 다니나. 농사 짓나?"

"미군 부대 다닙니다. 혼인신고 마치면 미국 이민 가려 합니다."

"거기가 어디라고, 뭘 해서 벌어 먹고살려고 비행기 타고 남의 나라로 간다는 거야."

"네. 지금 부대에서 절 데리고 일하는 헨리 대위가 절 잘 봐서인지 자기 고향에 가면 같이 일할 게 많다고 도와준다고 합니다. 로스 앤젤리스라고 동양 사람들이 꽤 있답니다. 가기 전 자동차 고치는 정비 기술하고 물건 수입하는 오파상이라는 거 기초만 배우고 가려 합니다."

아버지 오성규는 팔자수염 한쪽을 꼬며 좋아해야 할지 말아야 할지 판단이 안 섰다. 한 번 결혼한 딸을 아무 탓하지 않고 혼인신고 한다고 서류 가지러 왔다는 것만도 고마웠다. 하지만 잘 살아보겠다고 아이 둘 데리고 미국으로 간다는 그 용기가 대단해 보였지만 위태롭게 보이기도 했다. 그때 일본 순사가 처녀들 잡으러 왔을 때 그놈들 피해서 앞산에 땅굴을 파던지 뒷마당에 구덩이를 파서 신숙을 감춰 둘걸 그랬나, 혼자 후회를 얼마나 했는지 모른다. 시집에서 도망간 오신숙을 찾을 수 없을 때부터 농사일 이외는 이웃 마실도 안 갔다. 죽었다고 생각하고 장죽 담배만 뻐끔거리며 새벽에 헛기침으로 마누라를 깨웠다. 술주정뱅이 전 사위가 과부하고 살림 차렸다고 할 때부터 조금씩 나다니기 시작했다.

"자네 고맙네, 자네 고마워. 애기들이 어쩜 이리 잘생겼을까. 이렇게 예쁠까. 신숙이가 어렸을 때 동네 사람들이 다 예쁘다고 천사 같다고 하긴 했어."

어머니는 어미 신숙을 닮아 잘생긴 거라고 밀리는 입장을 살짝 덮었다. 대학까지 나왔다는 사위가 감지덕지였다. 더구나 동갑이었다.

영섭 내외는 다음날 군청에 가서 퇴거신고 하고 혼인신고에 필요한 서류를 떼어서 수원으로 올라 왔다. 바람같이 다녀왔지만 오신숙은 마음에서 무거운 돌을 내려놓은 듯 기분이 상쾌했다. 그을음 낀 솥 바닥을 닦아내 반짝이는 양은냄비가 된 기분이었다. 영섭도 밀린 숙제를 마치고 나니 날아갈 듯 가뿐했다.

혼인신고를 마치고 정서, 영서를 호적에 올렸다. 신고 즉시 애기가 둘이나 됐다. 보통 돌을 지내고 출생신고를 하는데 비해 별반 늦은 것도 아닌 셈이었다. 배탈로, 감기로, 백일해로 죽어 가는 아기들이 많아 첫돌 지나면 어느 정도 힘이 생겼으니 그때서야 출생신고를 하는 부모가 태반이었다.

영섭도 오신숙도 홀가분하게 이민 준비를 시작했다. 오신숙은 영어 공부를 시작했다. 영섭이 선생이었다. 영섭은 부대 안 자동차 정비소에서 차 밑에 들어가 조이고 범퍼를 열어 부속품 이름을 외우는 것부터 배우기 시작했다. 다는 몰라도 자동차가 굴러가는 이치를 깨우치기 시작했다. 이런 자동차를 만드는 나라 미국은 정말 대단하다는 생각에 미국 가서 꼭 성공하고 말겠다는 각오를 단단히 했다. 두려움은 흐려지고 용기가 생겨났다.

영섭이네가 미국 이민 가기 전 마지막 김장일 것이다. 작년보다 김장을 좀 적게 했다.

속 넣을 무채는 준섭과 영섭이 썰었다. 채칼로 썰면 빨리 될 텐데 올해도 이순은 어머니가 가르쳐 준 대로 칼로 무채를 썰었다. 채칼로 썬 무채는 물이 많이 생겨 양념 맛이 흐려져 김치가 일찍 시어진다는 어머니 최 씨의 말을 해마다 따랐다.

"이 김장김치 다 먹기 전 비행기 탈 거예요."

"미국 가면 이런 김장김치 먹을 수 있을는지. 많이 먹고 가."

"형님 편찮으신데 돌봐 드리지도 못해서 죄송해요."

김장을 마치고 난 뒤란 텃밭은 쓸쓸했다. 배추 그루터기는 안채가 사라진 허망한 대문처럼, 무가 뽑혀 시래기가 몇 잎 남은 자리는 아기 못 갖는 빈 자궁 같았다. 그나마 설거지가 덜 된 고추, 가지나무는 말라 있는 채로 그 형상은 유지되고 있었다.

큰 가지는 열 십 자로 작은 것은 반으로 갈라져 채반 위에서 겨울을 준비하고 있었다. 통통하던 젊은 모습은 사라지고 비틀어져 더 작게 더 작게 겨울 반찬이 되기 위해 몸속의 수분을 말리고 있었다. 그 매혹적인 진보랏빛은 갈색으로 변하면서 그 속에 검정 씨들은 변하지 않는 까만 점으로 그 자리에 콕 박혀 있었다. 이순은 내 속에도 저런 애기 씨들이 수없이 많을 텐데 나는 걷지 못하는 불구에다 아들 못 낳는 바보인가. 지금도 걷기 위해 서있기 위해 애쓰고 있는데 내 고통은 발자국을 떼지 못하는 아픔보다 아들을 못 낳는 여자, 시앗을 본 여자. 식모 없이 살림을 꾸릴 수 없는 여자. 남편의 은혜 속에 달처럼 힘없는 빛을 내는 사람. 이 빛은 하현달처럼 곧 어둠으로 가고 캄캄한 장막 뒤에 나는 숨을 쉬지 못할지도 몰라.

"형님, 고욤나무는 아직 그대로인데요. 더 뒀다가 나중에 따서 먹으면 더 달 거예요. 우리 고향에도 고욤나무가 있지요."

뒤꼍에서 가을 설거지를 하던 동서 오신숙의 목소리였다. 아직 덜 익어 떫은맛과 달짝지근한 맛이 섞인 고욤이 오신숙 입속에서 굴러다닐 때 아이들의 울음소리가 들렸다. 낮잠에서 깬 정서와 영서의 소리였다.

감나무 설거지는 즐거운 겨울 준비 중 하나였다. 연시는 채반에다 놓고 식구들이 오가며 먹고 덜 익은 땡감은 쌀독에 넣어 쌀겨가 익히게 했다. 곶감을 만들려고 실에 매달아 놓은 감은 시간이 많이 필요했다. 세 그루의 감나무에 열린 감은 겨우내 희서의 군것질거리였다. 정서도 명서도 변비 걸릴까 걱정하며 간식으로 줬다.

"형님, 제비가 어느새 새끼 데리고 날아갔네요. 며칠 전까지만 해도 먹이 날라다 먹이는 거 봤는데."

"그러게. 이 머리맡 작은 창문으로 엊그제까지도 봤었는데 인사도 없이 갔네. 사람이나 제비나 다 자식새끼 멕이고 입히고 키우다 세월 다 가는 거지. 조물주의 조화야."

누워서 대답하는 이순은 오신숙의 이민이 대못처럼 박혀서 아팠다.

아이들에게는 색동치마저고리를 장만해 줘도 어른들은 입던 옷을 새 옷처럼 빨고 삶아서 다시 지어 만들어 입는 새해 맞이를 이순은 잊은 적이 없다.

친정어머니 최 씨가 가르쳐 준 바지저고리 짓는 법은 앉아서도 허리를 숙여 할 수 있었다. 움직일 수 없는 다리를 뻗치고 방바닥에 펼쳐 놓은 헌 옷을 다시 마름질해 바느질하는 일. 시간이 걸려도 누웠다 앉았다 반복하며 준섭의 바지저고리를 다 만들고 난 후 누웠다.

발가락을 오므려 꼭 끼게 버선에 발을 넣고 하얀 고무신을 신고 준섭과 임춘앵국극단의 원술랑을 보고 집에 온 날 버선이 안 벗겨지자 준섭이 벗겨 주다 뒤로 자빠져서 크게 웃었던 기억이 따스한 안개처럼 이순을 감쌌다.

"발이 왜 이렇게 작아. 오이같이 갤죽한 게 예쁘다. 뽀뽀."

발등에 입맞춤하던 준섭은 살가웠다.

"형님 바느질 솜씨가 기가 막혀요. 어쩜 이렇게 곱게 박음질을 하셨대요."

"어머니한테 야단 들으며 배웠지. 봄 되면 오시라고 해야지. 얼마나 속 터져 하실까. 내가 이렇게 돼서."

"좋은 약이 미국에는 있대요. 구라파에선 전쟁 통에 군인들이 이 약 덕분에 많이 다쳐도 살아났대요. 미국 가서 빨리 알아볼게요."

자신은 다니지 못해도 사근사근한 동서 오신숙이 시장 심부름도 하고 밖에서 본 얘기도 해주고 의지가 됐다. 그런데 어딘지도 모르는 미국으로 아예 살러 간다니.

"동서, 고마워. 아이들 설빔해 줘야지. 시장에 좀 다녀와. 희서는 색동치마저고리 하고 정서, 명서, 영서는 바지저고리에 조끼만 해 주면 어떨까. 마고자는 더 크면 해 주자. 크는 아이들이니까."

"형님. 그런데 정서 것만 마고자 해 주고 싶은데요. 아직 애기인 영서는 물려 입으면 되지만…… 미국 이민 가니까."

이순은 오신숙의 미국 이민 얘기에 대문이 닫히고 아무도 없는 빈집에 혼자 누워 있는 장면을 봤다. 쓸쓸함이 밀려왔다. 요 밑에 깔고 있던 돈을 오신숙에게 내밀었다.

"시집와서 새 옷 한 번 못해 입었지. 이 돈으로 자네도 한 벌 해 입어. 희서 아버지한테 허락받은 돈이야."

"네. 다녀올게요. 아주버님은 속초에서 주무시고 오시죠?"

동서 오신숙이 포목점에서 아이들 옷을 맞추고 들어온 날 저녁, 대문을 흔드는 소리가 안방에서도 들렸다. 사랑채에 있던 오신숙이 대문 빗장을 열자 봉자가 서 있었다. 망태기에 든 사과를 들고 옷 보따리를 이고 서 있었다.

"잘 있었어? 동서."

딱 부러지게 동서라며 대문 안으로 들어서는 봉자의 기세에 오신숙은 대문 빗장을 거는 걸 잊었다.

순애

칠복은 판잣집 앞 노점상에서 중앙시장 안 번듯한 가게로 옮긴 걸 준섭에게 자랑하고 싶었다. 비록 전세였지만.

"지용 엄마, 좀 다른 거 생각해 봐. 반찬도 맛있게 하면 팔릴 거 같은데. 왜 5일장 설 때 둘러보면 새로운 음식도 있잖아. 알지? 3일하고 8일이 장날인 거."

"옥수수엿, 시골 된장에 묻어 뒀던 늙은 오이, 무우 짠지, 청포 묵, 도토리묵 그런 거죠. 한국음식은 너무 짜서 건강에

해로워요. 한국 사람들은 짜게 먹어서 오래 못 사는 거죠. 일본 사람들 슴슴하게 먹으니까 건강하게 오래 살죠."

"너 뭐 쪽발이 음식, 그렇게 좋으면 쪽발이한테 가라."

다나카의 현지처였던 영희는 조심했는데 오늘 깜박 실수를 했다. 칠복이 벌떡 일어서 방문을 열려는데 지용이 방문을 열고 들어섰다

"아버지. 왜 소리 지르세요?"

"아, 아니다. 더 놀지."

"저녁 먹으려구요."

지용은 준수한 얼굴과 무슨 일이든 침착한 태도가 애어른 같았다. 칠복은 내심 지용에 대한 기대가 컸다.

"형수님, 오징어찌개 해먹죠. 팔다 남은 거 두어 마리 가져 왔어요."

부엌에 있던 영희가 오징어를 받았다.

"저녁 국 걱정했는데 잘됐네요. 고추장 넣을까요?"

"형수 하고 싶은 대로 하세요. 맛있게만 하면 되죠."

칠복이한테 쪽발이 구박을 받은 영희는 정신이 번쩍 들었다.

시장에서 갯배 나루까지는 10여 분 거리였다. 갯배에 리

208

어카를 실고 쇠줄을 당기면 아바이 마을로 건너갔다. 쇠줄을 당겨 주는 아저씨는 경성 가기 전부터 본 아저씨였다. 어렸을 때였지만 한쪽으로만 잡히는 입가 굵은 주름이 이상해서 기억에 남았다.

"아저씨 안녕하세요. 만복이에요. 저 기억 하세요?"

"너, 아아 공영태 아들이지? 너 눈이 이상했었는데."

"네, 고쳤어요. 수술했어요."

"잘했다. 얼굴이 달라져서 몰라봤다. 너의 아버지 얼굴이 나왔다. 똑 닮았다. 한참 만에 속초로 돌아온 거지?"

"일제 때 갔다가 해방 돼서 왔으니까요."

"너희 엄마는 만나 봤니?"

"아뇨. 조 씨 아저씨는 여전히 갯배 모시네요."

"요즘 아바이 마을이 생겨서 일이 많아졌구나. 통 못 알아 듣는 함경도 아바이 사투리도 이젠 좀 알아듣지. 너 리어카 끌고 아바이 마을 가서 장사하는 게 잘될까. 이 사람들 아주 깍쟁이야."

"네, 전 돌아다니면서 필요한 거 주문 받아 큰 시장에서 사다 주고 생선 싸게 팔아요. 형이 물건 주니까. 그럼 내릴게요. 아저씨 내일 또 봬요."

갯배에 탔던 사람들을 아바이 마을에 내려주고 기다리던

사람들을 태우고 다시 속초리로 쇠줄을 당겼다.

사람이 살지 않고 풀만 우거졌던 청호리가 함경도 피난민들의 터전이 되고 아바이 마을이 되면서 조 씨는 갯배를 모는 게 신이 났다. 갯배가 아니면 속진리까지 족히 이십 리 길을 걸어 다니는 걸 자신이 도와주는 게 좋았다. 고맙다고 옥수수 두어 자루 주고 감자 몇 알 주는 사람들이 있었다. 안 받는다 해도 바닥에 놓고 내리는 사람들이 있어 갯배 모는 재미가 있었다.

조 씨는 20여 년 전 공영태와 마철진이 속초로 뱃사람이 되겠다고 왔던 일을 기억했다. 양양 산골에서 다락 논농사로 살기 어려운 때 바다에서 고기잡이 배 타는 어부가 되려는 젊은이들이 많이 있었다. 산 하나 건너 살던 공영태와 마철진은 진외가 사이였다. 공영태 할머니와 마철진 할아버지는 먼 사돈지간이었다. 굳이 촌수를 따지기엔 멀어서 사돈이라고 말하고 지냈다.

공영태 할머니 언니가 마철진 할아버지 사촌 형한테 시집을 가서 속진리에 살고 있었다. 공영태가 살던 동네에 인물 좋은 김아지를 마철진이 한번 보고 마음을 빼앗겼었다. 버들강아지처럼 보드랍게 생긴 김아지는 한동네 총각 공영태와 혼인했다. 속진리로 가서 동명항에 살림을 차리고 아들 둘을 낳고 살았다. 마철진은 다른 배에서 어부로 일하고 있었다. 공영태가 고기잡이 나간 속진호가 3년이 지나도 돌아오지 않자 마철진은 김아지와 두 아들을 데리고 살겠다고 했다. 먹고살기 힘들었던 김아지는 아들 둘을 데리고 재혼하는 자리는 괜찮다고 생각했다. 작은 배지만 선주가 된 마철진은 젊은 시절 품었던 연정이 더 진해지는, 무뚝뚝하나 속 깊은 사내였다.

형 공병태가 공 씨 손을 마 씨 집에 보낼 수 없다며 경성으로 데리고 갈 때 김아지는 아들 둘을 키울 방법이 없어 울기만 했다. 경성에서 큰아버지가 잘 키우겠거니 하면서 손을 놓았다. 눈 한쪽이 감기는 다섯 살짜리 만복이 엄마 손을 놓지 못해 울면서 버스에 올랐다.

만복이 주문 받았던 물건을 리어카에 싣고 주문한 집마다 전해줬다. 고맙다는 인사와 함께 이문을 붙여서 돈을 받았다. 다 전하고 하나 남은 물건은 아이가 입을 바지와 수건이었다. 함경도 순대 집에 새초롬한 젊은 여자가 주문한 물건이었다.

아바이 순대는 못 먹어 본 음식이었다. 곁들인 가자미식해는 속진리에서는 낯선 음식이었다. 만복이는 이 맛이 좋았다. 새초롬하게 생긴 애기 엄마가 썰어 주는 순대를 고춧가루 섞인 소금에 찍어 먹으며 이북이 이런 맛인가 보다 생각했다. 가자미식해는 젓갈 같은데 삭힌 맛이 별스러워 좋았다. 추운 이북 함경도 지방 음식이라 가자미로 만들었어도 새로웠다.

"어피덩 자시기오. 예 싱건지 있음메."

애기 엄마가 가자미 접시를 내밀며 하는 말을 만복은 이제 알아듣는다.

"고맙지비. 잘 먹을게요."

만복은 애기 물건을 전하고 늦은 점심을 먹고 갯배를 탔다. 뱃길에 바다를 들여다봤다. 갯배의 물살에 고기들은 보이지 않았다. 바다 냄새가 만복의 옷섶에 스며들었다.

함경도 순대집 한 씨네는 단천에서 딸과 손녀를 데리고 피난 내려왔다. 사위는 일찍이 인민군으로 가서 소식이 없었는데 전쟁이 터지니 북에서는 살 수가 없었다. 좀 산다는 집은 다 몰수되고 완장 찬 사람들이 온 동네를 설치며 다녔다. 어제까지 다정한 이웃이 완장을 차자 괴수로 돌변했다.

중공군에 밀려 남하하는 군인들을 따라 걸었다. 야밤에 걷고 걸어서 남으로 향하는 배를 탈 수 있는 항구에 도착했다. 흥남부두에서 US LST-845라고 쓰인 배에 탔다. 그 옆에

US-77이라고 쓰인 배도 있었다. 태평양 전쟁 때 미군이 일본 상륙작전을 대비해 1,000척이 넘는 상륙작전용 수송함인 LST를 갖고 있었다고 배 옆자리에 평양 말투를 쓰는 사람이 말했다. 군에 대해 아는 것이 많아 보였다. 그는 외할아버지 장례 치르러 왔다가 중공군이 밀고 내려와 평양으로 올라갈 수가 없었다고 했다. 모시고 온 어머니가 먼저 남쪽으로 피난 가는 게 좋겠다고 해서 LST를 타게 됐다고 말했다.

히로시마와 나가사키에 원자폭탄이 투하되자 일본은 항복했다. 일본 상륙작전이 필요 없게 된 미국은 낡은 LST를 대폭 줄여서 150여 척을 가지고 있었는데 6.25가 일어나자 긴급 투입했다. 지상전을 치르는 데 꼭 필요한 전차를 싣고 해안가에 내려놓는 일을 하던 큰 배가 북한에서 피난민들을 실어 남쪽으로 내려오는 건 전쟁에서 지고 있기 때문이라고 배에 탄 사람들은 생각했다.

한 씨 부부는 초희와 손녀 현실을 놓칠세라 초희가 현실을 포대기로 업고 있게 했다. 꼼짝할 수 없을 정도로 LST에 가득 탄 이북 사람들은 자신들이 피난민이라는 걸 인식하지 못했다. 부산에 내릴 때까지 오로지 고향 가까운 땅에 내리지 못해 고향이 더 멀어져 걱정일 뿐이었다. 평양사람은 혼자 피난 와서 단출했지만 평양에 두고 온 식구들 생각에 더 힘들어 했다. 그는 부산에서 살 길을 찾겠다고 인사하고 떠났다.

한 씨는 고향 가까운 속초로 가야 한다고 생각했다. 걸어서 가다가, 버스 타고 가다가, 트럭 얻어 타고 가다가 주문진을 거쳐 속초에 닿았다. 청초리에 갯배를 타고 들어가 판자를 주워 집을 짓기 시작했다. 진흙과 볏짚을 이겨서 새끼줄로 얼기설기 만들어 놓은 벽에 치덕치덕 던져서 붙였다. 갯배를 타고 속초리로 나가 장도리와 못을 사오고 반듯한 판자를 사와서 모양을 갖추었다. 가져온 금반지와 비녀를 팔았다. 먹고 잠자고 사는 거 이상 중요한 일은 없었다. 부산에서한 걸음이라도 고향 가까운 속초로 왔는데 몇 년이 지나도장벽은 더 높아졌다.

양양 군 부대나 학사평에서 피난민들을 위해 구호물품을주기도 했다. 미군이 한국군을 통해 주는 거였다. 그런 날에는 하루 종일 기다리다 비누, 수건, 밀가루, 기름 등을 타왔다. 속초 어디서나 보이는 설악산이었지만 한 씨는 학사평으로 구호물품을 타러 가는 길에 가까이 보이는 설악산이 좋았다. 고향에서 늘 보던 산 같았다.

시간이 지나면서 구호물품이 정확히 배분되지 않는 것 같다는 말이 돌았다. 누구는 빽을 써서 더 탔다는 말까지 돌았다. 그 무렵 새로 생긴 교회인 속초 감리교회, 속초 천주교회,

천도교회를 통해서 민간인에게 구호물자가 배분된다는 말에 동명동에 있는 천주교회에 초희가 다니기 시작했다. 초희는 남편에 대한 걱정, 딸에 대한 걱정, 피난민이라는 불안감을 교회에 다니면서 어느 정도 덜어냈다.

한 씨 내외는 손녀 현실만 보고 혼자 살게 된 딸 초희의 앞날이 어떻게 될지, 부모 살았을 때 힘이 되어야 한다고 생각해 열심히 일했다. 함경도 음식을 만들어 팔기 시작했다. 좁쌀도 삶고 가자미도 삭히며 순대 속에 넣을 밥도 꼬들하게 짓고 당면도 삶았다. 논농사가 없는 함경도에서는 밭농사에서 거두는 메밀로 만든 메밀국수, 감자로 만든 감자국수, 가자미식해 등을 만들어 먹는다. 속초사람들은 색다른 함경도 음식을 먹으러 갯배를 탔다. 아바이 마을로 오는 사람들이 조금씩 늘어났다.

한 씨는 20여 년 전 만들어 졌다는 갯배의 바닥에 서면 고향집이 더욱 그리웠다. 얼마나 많은 사람들이 이 철판을 딛고 속초리에서 청초리로 오갔을까. 고향으로는 언제 갈 수 있을지, 여기 정 붙이고 살아야 하는 건지……. 살기 위해 구호물품을 타러가는 일 말고는 아바이 마을을 잠시 비우고 장보러 가는 것도 하고 싶지 않았다. 초희가 교회에서 구호 물품을 받아오기 시작하자 아바이 마을 집에서 순대, 식해 만드는 일에 더욱 열중했다.

돼지 내장을 씻어내고 그 속을 채울 당면, 밥, 파, 두부, 피, 김치 등 재료를 조금씩 달리 만들어 보았다. 필요한 재료는 자주 들르는 만복이에게 부탁하면 원하는 물건을 꼼꼼하게 챙겨 왔다.

"이 보기요. 만복이 총각 왔는데 뭐 갖다 달랄 거 없지비?"

한 씨가 아내를 불렀다.

"현실 에미한테 물어보시라우."

빨리 고향으로 가서 사위를 찾아야 할 텐데 쉽지 않은 일이 되어 간다. 한 씨는 막걸리 한 사발을 마시고 동태 속을 긁어내고 식해 만드는 일을 계속했다. 순대도 계속 만들었다.

"현실이 옷하고 동태 스무 마리 갖다 드리면 되죠?"

"만복이 총각. 만둣국 한 그릇 먹고 가지비."

속눈썹이 긴 초희를 보면 만복은 가슴이 두근거렸다. 작은 체구의 초희는 애기 엄마로 보이지 않았다. 다섯 살 현실이는 초희의 허리춤까지 키가 커 동생쯤으로 보였다.

"현실이 옷, 아래 위 따로 된 바지하고 윗도리라고 했죠? 무슨 색으로요?"

"귀여운 무늬 있는 거가."

만복이 빈 리어카를 끌고 갯배를 타고 속초로 나온 시간은 3시 무렵이었다. 배에서 리어카를 앞세워 밀고 내린 부두에는 갯배를 타려는 사람 이십여 명이 각자 물건을 머리에 이고 손에 들고 기다리고 있었다.

"조 씨 아저씨, 갈게요. 내일모레 또 올 거예요."

이제 늙어 귀가 잘 안 들리는 등 굽은 조 씨에게 만복이 큰 소리로 말했다.

"그래 잘 가라. 저저……."

조 씨는 만복이 엄마가 며칠 전에 갯배에 탔던 걸 기억했다. 그러나 저저 하다 그만두었다. 만복이 뒤돌아봤지만 조 씨는 손을 밖으로 저어 그만 가라고 말했다. 그 사이 기다리던 사람들이 갯배에 올라타 아바이 마을로 향했다.

"형 갯배에 조 씨 아저씨가 날 보더니 영태 아들이라고 금방 알아보겠대. 조 씨 아저씨는 많이 늙어서 파파 할아버지야."

"아, 너 어렸을 때 봤는데도 알아보는구나. 네가 아버지를 나보다 더 닮았지. 번영상회 큰형님이 이번 대목 크게 본다고 다음 주에 물건 하러 오신데. 너도 가게에 있어라. 요즘 아바이 마을에 거의 매일 가는 거 같더라. 장사가 잘되니?"

"그냥 그렇지. 단골 만드는 거야. 대신 심부름 장 봐다 주면 좋아 하니까. 저 위 미국 국기 보이는 통신대 언덕에도 리어카 끌고 몇 번 가봤어. 오징어 한 축 팔았지. 빨간 치마에 하얀 저고리 입은 여자하고 군복 입은 남자하고 부분가 봐. 마마산 김이라는 여자가 며칠 후에 북어 갔다 달라고 해서 갖다 주고 돈 받았어. 부대 앞에 미군들 구두 닦아주는 애들이 있는데 한 켤레 닦으면 10센트 준대. 미군들이 지프차 범퍼에 죽 걸터앉아 있고 애들이 구두통 메고 침 발라가면서 반짝반짝 닦아. 나도 슈사인보이나 할까?"

말은 그렇게 했지만 만복은 슈사인보이보다 지금처럼 다니며 장사하는 게 더 좋았다. 초희를 보러 아바이 마을에 언제나 갈 수 있어서 더 그랬다.

"너 수완이 좋구나. 미군 부대까지 올라가 장사를 했다구?"

"그 길이 속초리에서 제일 큰길인데 뭐. 서커스단이 큰 깃발 들고 그 길을 걸어가니까 미군들이 웃으며 내다보던데. 재미있어."

금광 서커스단이라는 깃발을 높이 들고 뒤따르는 악단이 연주를 했다. 아이들이 뒤를 이어 홍보 현수막을 들고 따라갔다. 그 현수막에는 공중곡예 줄타기 철봉 등 '오늘뿐'이라고 쓰여 있었다. 책보를 멘 어린이들이 재미있어 하며 행렬을 지어 뒤따르니 서커스단의 규모가 대단해 보였다. 만복은 오장동에서 글을 가르쳐 주던 서 씨 아저씨가 생각났다. 이런 글을 읽을 수 있으니 얼마나 고마운 일인가. 고향 가서 장가갔나 궁금했다.

목이 말라 동명동 우물까지 내려갔다. 미군 철모로 만든 두레박으로 물을 뜨는 아주머니는 포대기에 아기까지 업고 있었다.

"총각 물 먹고 나서 애기 좀 다시 업혀 줄래?"

엉덩이까지 내려간 아기를 허리 위로 추스르면서 아주머니가 말했다. 철모 두레박에 입을 대고 시원하게 물을 마신 만복이가 아주머니 등에서 아기를 들어 빼냈다. 아주머니는 낡아서 솜이 삐져나온 포대기 끈을 풀고 만복이 업히기 좋게 등을 굽혔다. 아기는 바람에 깼다 다시 잠들었다. 만복은 이렇게 다니는 게 좋았다. 어릴 적 떠나서 기억나는 게 없는데도 낯설지 않았다.

만복이 장을 봐서 갯배를 탄 거는 닷새 후였다. 조 씨가 양눈썹을 모으며 말했다.

"너 저번 날 내린 다음 내가 너 불렀는데 알았니?"

"리어카 밀고 내리느라 잘 몰랐어요. 나중에 쳐다보니까 아저씨가 그냥 가라고 손짓하셔서."

"그래. 그때 너 내리고 속초에서 타는 사람 중에 머리에 보따리 이고 타던 아주머니 너 봤니?"

"아뇨. 리어카 앞으로 사람 지나갈까봐 조심하느라구."

"그 아주머니가 니 엄마잖니."

전기가 찌릿, 가슴을 가로지르며 통과했다. 마주쳐도 엄마가 자기를 알아보기는 어려울 거라 생각했다. 눈 수술한 이후 거울에 비친 자기 얼굴을 봐도 익숙하지 않았다. 잘생긴 청년이 자기를 쳐다보고 싱긋 웃었다. 왼쪽 눈이 반쯤 감긴 다섯 살짜리 만복을 십수 년 지나 아무리 엄마라도 기억하지 못할 것이다. 다섯 살 때 헤어진 만복의 기억 속 엄마는 늘 어딘가로 가는 흐릿한 모습이었다. 어린 아들 둘을 두고 시집 간 엄마에 대한 원망도 그리움도 없었다.

"마 선장이 함경도 아바이 순대를 좋아해서 가끔 갯배 타고 아바이 순대 집에 건너간단다."

조 씨는 할 말이 남아 있는지 말끝을 흐렸다.

만복은 갯배에서 내렸다. 언덕 위에 있는 속초 항만사령부 앞에 아이들 서너 명이 노는 게 보였다. 검정 물들인 바지에 땟국에 절은 저고리 고름이 유난히 길었다. 파란 하늘을 보니 바다로 가고 싶었다.

속초항에는 LST가 떠있었다. 작은 돛단배 일곱 척이 주위에 머물러 있다. 배를 타고 속초항에 내려온 함경도 순대집 초희를 생각했다. 고향을 두고 온 사람과 고향으로 돌아온 사람. 떠났던 고향에 다시 온 순간 따뜻한 이불 속처럼 노곤했다.

"삼촌 갯배 태워 줄 거야? 거기 친구도 있어?"

만복은 지용의 손을 잡고 시장 옆에 있는 갯배 부두로 갔다. 아바이 마을 쪽에 가있던 갯배의 줄을 조 씨가 당기고 있었다.

"전쟁 전에는 이 배가 얼마나 컸는지 모르지. 트럭 한 대마차 두세 대 실을 수 있었어. 전쟁 통에 그 놈들이 폭격해서 부서졌어. 그때는 선장하는 맛이 났었지."

이런 배를 몰 사람은 아니라고 조 씨는 말하고 싶었다.

"조 씨 아저씨. 이 리어카 싣고 두 대는 더 실을 수 있는데요. 지금도 근사해요. 얼마나 편해요. 이 배 없으면 이십 리 길을 돌아서 걸어가야 하잖아요."

조 씨는 만복이 말에 그렇지 하며 어깨를 으쓱했다

갯배에서 내린 만복은 아바이 순대집 가서 순대하고 가자미식해를 샀다. 형과 형수에게 주고 싶었다. 그때 판자문을 열고 들어온 아주머니가 주문했다.

"순대, 두 사람이 먹을 만큼 넉넉히 주세요. 새우젓도 같이 싸 주세요. 새우젓 찍어 먹는 게 개운해요."

치마허리를 동여맨 아주머니는 자주 들르는 모양이었다. 저고리 섶이 약간 들려 있었다. 초희가 익숙하게 답했다.

"전번 거보다 이번 순대는 속을 많이 넣었어요. 피난 와서 다 배고프니 순대라도 맛있게 드시라고. 이문 남길 생각 안 한다고 아버지가 말씀하셨어요."

낯익은 느낌이 드는 아주머니를 보고 만복은 어디서 마주 쳤을까 생각했다. 초희가 싸 주는 순대를 들고 아주머니는 밖으로 나갔다. 초희가 지용에게 말했다.

"현실이도 좋아했을 텐데, 고향친구 집에 가시는 할머니 따라 놀러 갔다. 지용이라고 했지비. 다음에 와서 많이 놀 자."

만복이는 순대와 식해를 갖고 지용이와 함께 아바이 순대 집을 나왔다. 골목 건너에 함경도 왕순대집이라고 새로 생긴 순대집이 보였다. 몇 집 들러 세탁비누 수건 등을 주문 받고 지용이와 갯배 나루로 갔다.

갯배는 속초항에서 들어오고 있었다. 조 씨가 쇠줄을 천천히 당겨서 배가 앞으로 나가게 했다. 타고 있던 젊은 남자가 조 씨를 도와 쇠줄 한쪽을 잡고 밀었다. 짧은 거리지만 그 아래 바닷속은 깊다. 갯배가 아바이 마을에 닿았다. 서너 사람이 내리고 만복과 지용이 탔다. 아까 순대집에서 본 아주머니가 보자기에 싼 순대를 들고 끝으로 갯배에 올라탔다.

"만복아. 그 아가 칠복이 아들이냐? 영리하게 생겼네. 눈이 눈깔사탕 같네. 몇 살이니?"

오른쪽 입가 주름이 유난히 깊은 조 씨는 큰소리로 만복을 부르고 지용이에게 관심을 보였다. 갯배에 탄 대여섯 사람들의 시선이 지용에게 쏠렸다. 그중 분명하게 한 아주머니는 순대 보자기 든 손을 덜덜 떨며 지용과 만복을 쳐다봤다. 만복은 알았다. 아바이 순대집에서 본 어디서 본 듯한 아주머니가 자신의 어머니라는 걸. 조 씨가 일부러 목청을 높여 만복과 아주머니에게 서로 알고 있느냐고 묻고 있었다.

5분여 지나 갯배가 속초나루에 사람들을 내려놓았다. 만복은 주문 받은 물건 다 건네주고 이젠 비어있는 리어카를 밀고 갯배에서 내렸다. 이어서 뒤에 있던 아주머니가 마지막으로 건너뛰었다. 순간이었다. 그 아주머니는 갯배와 부두 사이 물속으로 빠졌다. 펄쩍 뛰어 건너야 되는데 반 발짝이 짧았다. 손에 들고 있던 순대 보따리는 물 위에 뜨고 아주머니는 팔을 휘적거리더니 바닷속으로 들어가기 시작했다. 형제의 엄마는 물속으로 가라앉으면서 생각했다. 이렇게 벌을 받는 게 차라리 편하다. 당황한 조 씨가 긴 나무 막대기를 아주머니에게 넣었다. 만복이 가던 발걸음을 급하게 돌려 막대기를 잡은 아주머니를 끌어 올렸다.

"가끔 이런 일이 생긴다니까. 내가 그래서 이 장댈 갯배에 가지고 다니는 거야. 괜찮아요? 아주머니 가실 수 있어요?"

긴 장대를 갯배 바닥에 다시 놓으며 조 씨가 말했지만 아주머니는 젖은 옷인 채로 돌아보지 않고 걸음을 재촉했다. 11월의 추위는 바람이 불지 않아도 섣달로 달려가고 있었다.

"만복아, 네가 만복이라고 말하지 그랬니? 놀랐겠다. 네가 아무렇지도 않았다고 말하는 거는 엄마에 대한 기억이 없어서야. 너 다섯 살 때 헤어졌으니까."

칠복이 조 씨를 찾아간 건 섣달 들어서다.

"아저씨, 엄마는 잘 살고 있나요?"

"마 선장하고 네 엄마는 이웃 동네에서 자라 잘 아는 사이였다. 마 선장이 총각 때 너희 엄마를 짝사랑 했었단다. 3년을 아버지 기다리던 네 엄마가 끝내 아버지가 바다에서 못 돌아오니까 그때까지 노총각이었던 마 선장이 합치자 해서 같이 살게 된 거야. 여자 혼자 자식 둘 데리고 먹고살기 어려웠지. 배 들어오면 생선 받아서 손질하고 몇 마리 얻어 가는 게 전부였으니. 너희들 두고 시집간 거는 큰아버지가 못 데리고 가게 해서야. 공 씨 손을 마 씨네 못 보낸다고."

속초로 형제를 데리러 온 큰아버지 따라 경성으로 가던 날 칠복이 손을 꼭 잡고 만복이 무척 울었던 게 떠올랐다. 칠복의 기억 속 엄마는 광목 치마저고리에 허리는 끈으로 질끈 묶고 머리 위 똬리에는 자배기 쌀자루 등이 얹혀 있는 모습이었다. 늘 어디론가 가는 모습이었다. 어린 아들 둘을 두고 시집간 엄마에 대한 원망도 그리움도 없었다. 추워도 바다는 왜 얼음이 얼지 않을까. 설악산 이마에 하얗게 눈이 얹혀 있고 울산바위는 접힌 부채를 편 듯 서 있었다.

조 씨가 칠복을 찾아왔다.

"네 엄마 그때 갯배에서 내리다 바다에 빠진 날 이후 감기가 폐렴이 됐다더라. 마 선장이 찾아와서 엄마가 너희들 찾는다고 전해 달라고 해서. 가봐라. 어쩌면 마지막일지도 모른다."

중앙동에 있는 마 선장 집은 초가지붕을 새끼줄로 십자로 묶어 논 집이었다. 언덕에 있는 집들은 바닷바람에 지붕이 날아 갈까봐 이렇게 해놨는데 마 선장 집의 새끼줄은 더 촘

촘했다.

바다 쪽을 바라보았다. 백사장이 보였다. 단순한 돛을 가진 저 작은 배로 고기잡이를 하러 떠난 아버지가 생각났다. 어선 옆으로 어업 지도선도 보였다. 너무 멀리 못 가게 지도하는 지도선은 길을 잘못 들어선 배를 끌어오는 견인선 역할도 했을 텐데 아버지는 더 많은 고기를 잡으러 먼 바다로 갔었나보다. 지도선 눈을 벗어난 그날이 아버지가 돌아오지 못한 날이 되고 말았다. 같은 배를 탔던 네 명의 어부도 돌아오지 못했다.

일곱 살까지 칠복의 기억 속 아버지는 비린내 나는 옷을 벗어 놓고 형제를 끌어안고 볼을 부비던 아버지다. 어업 지도선 떠있는 바다 그 너머 조도가 보였다. 작은 섬이 막내처럼 귀엽게 떠 있었다.

다시 그 바닷가 속초에 와서 생선장수 어물장사하며 살아가는 칠복은 마 선장한테 시집간 어머니를 먼발치에서 봤었다. 일곱 살 때 헤어진 어머니는 허리띠를 졸라 맨 그때 그대로였다. 흰 머리칼 몇 가닥이 이마에 내려앉아 세월이 지났음을 알렸다. 그런데 엄마 하고 불러지지 않았다.

두꺼운 요 위에 눈을 감고 누워 있는 엄마를 만났다. 파리한 얼굴이 껍질 벗겨진 오징어 같았다. 하얀 얼굴이 납작해 보였다. 형제의 엄마는 이것이 마지막인 걸 알았다. 말이 소리로 나오지 않았다. 아들들도 아무 말을 안 했다. 그렇게 돌아온 지 나흘 만에 형제의 엄마는 세상을 떠났다.

새벽 첫차는 어두운 하늘에 별이 떠있을 때 출발했다. 설날을 한 달 앞두고 준섭이 속초행 버스를 탔다. 산길을 달릴 때는 몸이 움쏙움쏙했다. 이 먼 길을 가서 하루 자고 물건을 떼서 오면 이문이 많고 무엇보다 번영상회 물건이 최고로 좋다는 소매상들의 말이 준섭을 신나게 했다. 서울서도 구하기 어려운 최상품의 어물들을 번영상회는 늘 준비하고 있다는 칭찬이 준섭을 들뜨게 했다.

버스 유리창에 머리를 기대고 잠들었던 준섭은 횡계를 지나 진부령 올라가는 길 위에서 깼다. 눈은 폭설이었다. 가까운 산이나 먼 산이나 도화지 위에 그려진 한 장의 그림이었다.

바다 냄새와 비린내가 버스에서 내리는 준섭을 맞았다. 거리는 전쟁 전보다 부산했다. 미군 지프차가 먼지를 날리며 지나가는 게 보였다. 중앙시장에서 칠복상회를 찾는 건 쉬웠다. 동명항 앞 판잣집에서 큰 시장 안으로 가게를 옮겼다는 말을 들은 건 며칠 전 전화를 통해서였다. 칠복상회는 닫혀 있었다. 주먹만 한 자물쇠가 입을 꾹 다물고 있었다. 옆 가게 주인이 당황해 하는 준섭을 봤다.

"칠복상회 찾아오셨어요? 오늘 모친상 치르느라 문 닫았는데."

그때 영희가 애기를 업고 서둘러 시장으로 들어섰다.

"희서 아저씨, 집에 가서 계시면 집으로들 올 거예요."

칠복은 엄마를 화장해서 바다에 뿌리고 돌아왔다.

"바다에 가서 아버지 만났으면 좋겠어요. 아버지가 바닷속에서 기다릴 거예요."

"갯배에서 조 씨 아저씨가 내 이름 불렀을 때 내가 엄마하고 말을 했으면 좋았을걸. 그날 갯배에서 내리다 바다에 빠져 폐렴 걸려 이렇게 떠날걸."

만복의 말에 쓰라린 후회가 담겨 있었다. 준섭은 형제를 위로한 후 아까부터 보이지 않는 칠복의 아들을 찾았다.

"네 아들 이름이 지용이지? 많이 컸지? 우리 희서보다 몇 달 빠르지? 국민학교 입학했니?"

"네."

"큰형님. 아들 보셨다구요. 형수님 건강해지셔서 다행이에요."

만복이 이순의 안부를 물었다.

"아, 그래. 그게…….."

준섭은 방바닥을 손으로 긁으며 씨받이한테 낳은 아들이라는 얘기를 할까 말까 망설였다.

"희서 엄마 건강은 좋지 않아. 여러 약을 써도 병원에서도 한의사도 아직 방법이 마땅치 않대."

준섭이 망설이는 내용이 무엇인지 형제는 알 수 없었다. 그저 아들 낳은 산후 조리가 안 됐다는 얘기라고 생각했다.

"속초읍까지 와서 아바이 마을을 안 가보면 헛걸음이에요. 옛날에 사람 안 살던 청호리에 마을이 생긴 거예요. 강원도에 사는 우리하고 말도 달라요. 사투리가 심해요. 먹는 거도 달라요. 저기 가서 갯배 타면 이삼 분이면 가요. 내일 새벽차 타고 가실 거죠? 지금 가요."

"만복이 저렇게 조르니 가보시죠. 아바이 마을에 꿀 발라 놨니? 지용 엄마, 저녁은 아바이 마을 가서 먹을게."

준섭은 바다가 낯설었다. 시골에서 나고 자라 경성에서 학교 다니다가 일제가 망해서 물러가자 서울에서 수원으로 갔다. 바다를 구경한 적은 전쟁 전 추석 장보러 속초 왔을 때가 처음이고 유일했다. 배를 타고 간다니 가보고 싶기도 했다.

만복의 안내로 나루에서 갯배를 타고 아바이 마을로 갔다. 준섭이 생각한 배는 아니었다. 바다로 나가 돛을 펼치는 배가 아니었다. 쇠줄을 당기면 앞으로 나가는 간단한 이동수단이었다.

아바이 순대집에 들어서니 초희가 맞았다.

"어서 오세요."

만복이가 아바이 마을에 뻔질나게 드나드는 이유가 뭔지 칠복은 알 것 같았다. 물건을 팔고 주문받은 물건을 사다 주는 건 핑계라고 칠복은 생각했다. 함초롬히 긴 속눈썹을 내리깔고 주문받는 초희의 자태는 처음 보는 아름다움이었다.

"아바이 순대하고 만둣국, 식해 한 접시 주세요. 희서 형수님 갖다 드릴 거 순대하고 가자미식해 따로 싸주세요."

만복은 척척 주문했다. 준섭은 수원 가지고 갈 순대와 식해를 주문하는 걸 보고 한 번도 먹어 보지 않은 음식이고 열 시간 넘게 걸려 가는데 상하지 않을까 걱정했다.

"지금 겨울이라 가시는 동안 상하지 않아요."

준섭의 걱정을 눈치 채고 만복이 덧붙였다.

집으로 돌아와서 칠복이 만복에게 물었다.

"너 그 색시 좋아하니? 그럼 장가가라. 이쁘기는 이쁘더라."

"그렇게 예쁜 걸 뭐라고 하나. 정말 미인이던데. 남자는 용기가 필요해 만복아."

준섭이 거들었다. 만복은 웃기만 했다. 딸아이 하나 달려 있다는 얘기는 할 수가 없었다. 삼팔선이 뚫리면 현실이 아버지 찾아 함경도로 갈 걸 알았다. 그래도 만복의 가슴은 불이 난 듯 초희에게 뜨겁기만 했다.

등에 짊어질 수 있을 만큼 북어쾌를 버스에 싣고 준섭은 수원으로 향했다.

"나머지는 트럭으로 붙여라. 그리고 혹 만복이 혼인날 정해지면 연락해. 올 테니."

칠복과 만복을 뒤에 두고 버스에 몸을 실었다.

바다 냄새를 버스에 남기고 긴 잠에서 깨어나니 안양쯤을 지나고 있었다. 지고 내릴 북어쾌를 다시 묶었다. 만복이 사 준 아바이 순대 보따리도 챙겼다. 버스에서 내려 북어 다섯 쾌를 지고 집으로 돌아온 준섭은 할 말을 잃은 듯 얼굴이 벌게져 더듬거렸다.

"니가 웬일이니?"

"형님 밥 해드리고 살림하고 명서 돌잔치 해 주려고 왔어요. 이리 주세요."

봉자가 준섭 손에 들려 있던 아바이 순대와 식해를 뺏듯이 들고 부엌으로 들어갔다. 아무 일 없었던 것처럼, 친정 나들이 갔다 온 사람처럼 부엌에 가서 춥다며 삭정이를 아궁이에 넣고 군불을 때기 시작했다.

"이놈의 고양이. 도둑고양이 저리 가."

부엌 나뭇단 속에 있던 고양이가 튀어 나와서 놀랐던지 봉자가 고양이 내쫓는 소리가 들렸다.

봉자가 옥분이 쓰는 건넛방에 보따리를 놓고 걸레질을 시작했다. 준섭은 이순을 쳐다봤다. 꼭 다문 누에 같은 입술이 파르르 떨렸다. 눈에서는 파르스름한 불꽃이 일었다. 생각의 파편들이 낡은 꽃무늬 벽지를 구기고 있었다.

작별

   느닷없는 봉자의 출현에 준섭은 어떤 방법으로 수습해야 하나 막막했다. 돈 받고 홀가분하게 떠난 봉자가 다섯 달 만에 나타나 명서 돌잔치 하러 왔다니 속셈을 모를 일이었다.

   옥분이 방에 잠자리를 편 봉자가 안방으로 와서 명서를 버쩍 안고 엄마랑 자자, 하며 데리고 갔다. 봉자의 갑작스러운 행동에 놀란 명서가 울었지만 개의치 않았다. 울음소리는 곧 잠잠해졌다.

봉자도 다시 올 생각은 아니었다. 고향에 갔더니 움막집은 더 내려앉았고 집 떠나 있던 6년 동안 중풍으로 쓰러진 아버지는 말까지 더듬고 있었다. 엄마는 거미가 얼굴에 줄을 친 듯 까만 얼굴에 주름이 더 깊어졌다. 남동생 봉식이는 키가 커서 누군지 몰라볼 정도였다.

"학교 다니니?"

"학교 애저녁에 때려치웠어. 글 읽을 줄 알면 됐지. 더 해서 선생질 할 것도 아니고."

뺨에 난 칼자국 같은 흉터가 말할 때마다 깊이 들어갔다.

"놀음판에서 한 판만 따면 일 년 농사치를 버는데 뭐하러 엄마처럼 일 다니며 끙끙 앓어."

엄마는 봉식이 말썽에 지쳐서인지 아예 말문을 닫고 있었다. 봉자가 들고 온 보따리에 뭐가 들어있나 풀어보고는 너무 놀라 어디서 도둑질해 온 거 아니냐고 겁에 질려서 봉자의 등짝을 쳤다.

"잡혀갈라고! 가막소 갈라면 무슨 짓을 못해. 어디서 이 많은 돈이 났어?"

봉자 엄마는 덜덜 떨었다.

"술집에서 일해서 번 건데 한 푼도 안 쓰고 6년을 모은 거야. 집 사고 논도 사요."

봉자 엄마는 도둑질 한 돈만 아니면 됐다 싶어서 마음을 놓으면서 봉자 등을 두드렸다.

"이제 우리도 네 덕분에 집도 사고 논도 사고 허리 펴고 살게 됐구나. 얼마나 고생했니."

봉자 엄마는 눈물을 훔쳤다.

움막에 누워 말도 못하는 아버지, 옆에 엄마, 그 옆에 봉자, 여동생 둘, 봉식이 누워서 잤다. 아침에 눈을 뜨니 봉식이 없었다. 봉식이는 한밤중에 보따리를 풀어 돈다발 두 뭉치를 꺼내서 놀음판으로 달려갔다. 눈이 빨개서 들어온 새벽, 엄마는 어디 다녀오느냐 물었다. 친구 아버지 돌아가실 것 같다 해서 대구병원에 다녀온다고 했다.

며칠을 그렇게 지냈다. 봉식이는 허물어지는 보따리에 돌을 넣어 모양은 그대로이게 꾸며 놨다. 살 만한 집을 알아보는 동안 말 못 하는 아버지 머리맡에 놓인 돈 보따리 모양은 그대로 있었다. 온 식구가 먹지 않아도 배불렀다. 돈 보따리는 밥이고 떡이고 술이었다.

마을에서 떨어진 곳, 움막집에서 사는 봉자네는 마을 안에 있는 집을 사기로 했다. 팔겠다는 집 두 채 중 방이 세 개고 광이 있고 텃밭 한 뙈기 달려있는 집을 사기로 작정하고 온 날, 돈 보따리를 풀었다. 돌들이 떨어져 나왔다.

"이럴 수가. 아녜요, 아녜요."

봉자가 놀라서 울었다. 봉식이는 집에 안 들어오고 다른 데로 튄 다음이었다. 누가 한 짓인지 엄마는 금방 알았다. 봉식이의 손버릇을 알면서 이런 짓을 할지도 모른다는 걸 왜 몰랐을까. 투전판에 날린 돈은 봉자가 가지고 간 돈의 거의 다였다. 남은 돈은 보따리 바닥에 있는 돈뭉치 세 개가 전부였다.

다시 돈 벌러 가야 한다. 움막이 아닌 방이 있는 집 한 채를 살 돈을 벌 사람은 아무도 없다. 다시 가기로 작정하니 한시가 급해졌다. 씨받이로 받은 돈이란 걸 엄마한테 말 못한 봉자는 남은 돈으로 쌀을 팔아 움막에 놓고 길을 나섰다.

눈만 껌벅거리는 아버지는 오밤중에 봉식이가 돈 보따리에 손대는 걸 알았지만 옆에서 코 골며 자는 봉자 엄마를 깨울 힘이 없었다. 우우 소리에 봉자 엄마는 잠결에 손만 내저을 뿐 깊은 잠에서 끌어올릴 소리로는 부족했다.

"아버지 다시 가서 돈 벌어 올게요. 엄마한테 말하면 못 가게 할 거니까 엄마 일 나간 지금 갈게요."

봉자는 이 집 식구 중에는 자기밖에 집 살 돈을 벌어 올 사람이 없다는 걸 새삼 깨달았다. 가게에서 빼돌린 돈은 아직 속바지 주머니에 있었다. 더 모아서 마을 안쪽 집을 사야겠다고 생각했다. 양키물건 가게에서 사서 먹었던 초콜릿이 먹고 싶었다. 부대에서 물건 빼와서 넘기는 장병재가 껌 한 통을 주며 했던 말이 생각났다.

'댄스를 배워야 도시 사모님이지. 배우고 싶으면 말해요.'

지나가는 시장 골목마다 저 여자가 번영상회 첩이야, 수군거리는 걸 모르지 않았다. 가난하고 글씨도 모르는 봉자가 할 수 있는 일은 밥을 먹는 일이고 굶어 죽게 생긴 부모를 챙기는 일이었다. 이왕 다시 가는 거 댄스를 배워 사모님처럼 세련되게 다녀야겠다. 첩 말고 작은 부인 작은 사모님 이렇게 불리고 싶었다.

봉자는 굳게 마음먹고 수원역에서 내렸다. 역에 내리니 명서가 보고 싶어졌다. 어미가 자식 찾아가는 게 뭐가 이상해. 누가 뭐래. 마음속에서는 타당한 이유가 백 가지는 더 생겨났다.

식모 월급 주느니 나에게 주면 되고 주인아저씨도 불쌍하지. 그렇게 일만 하는 젊은 남자, 마누라는 아파서 누워 있고 여자하고 자고 싶은 걸 어떻게 참아. 색싯집도 못 갈 위인인데. 어차피 자식도 낳은 사이이니 나랑 자면 되는 거지. 호적에는 이순이 친자식으로 올려 졌지만 내 뱃속에서 나온 내 자식인데 핏줄이 땡기지. 내가 끼고 자면서 키워야지. 그러다 동생 생기면 얼마나 좋아. 시장 장사꾼 냄새, 시큼한 냄새 질색이지만 새끼를 낳은 남자. 명서 아버지는 돈 잘 벌고 무엇보다 자식의 애비니까. 나는 어차피 돈 때문에 첩 노릇 하는 거니. 물장수가 제일 좋았지. 나를 누르고 힘차게 도리깨질 할 때, 맷돌 갈 때 난 미치는 줄 알았지. 그럼 뭘 해. 나를 따먹고 딴 년하고 보란 듯이 장가간 놈. 하긴 나도 몇 남자 거친 처지니 강천수에게 왜 결혼 안 하냐고 말하지 못했지. 걷지도 못하고 누워만 있으면서 돈만 축내는 이순은 복도 많지. 나보다 나이도 일고여덟 살 많은 처지인데. 물론 얼굴은 나보다 훨씬 예쁘게 생겼지. 사내들이 사족을 못 쓸 만큼 애잔하게 생겼지. 그렇다고 매일매일 번 돈 갖다 주고 온갖 약 다 구해서 바치는 남자, 긴 병에 효자 없다고 저러다 마음 변하든지, 이순이 죽으면 내가 본부인 되는 거지. 그렇게 되기를 바라지는 않지만 혹시 세상일 모르니 딴 남자 만나는 것보다 자식 낳은 남자한테 가는 게 맞지. 어쨌든 돈이 많잖아. 첩이면 어때. 본마누라가 마누라 노릇 못하는 게 잘못이지.

며칠 후 옥분이 다섯 집 건너 있는 기와집에 식모로 가기로 했다고 이순에게 말했다.

"아니 한마디 의논도 없이 이렇게 감쪽같이 가면 어떡하니. 내 몸이 어떤지 네가 잘 알면서.”

“명서 엄마가 살림한다고 가래요. 자기가 다 알아서 할 테
니 월급 줄 집 알아보라고 해서요.”

이순은 손이 떨렸다. 윗목에 놓여있는 요강이 오늘따라 멀
게 느껴졌다. 옥분이 가져오면 몸을 일으켜 앉아 일을 봤는
데 봉자가 이런 일도 하겠다는 것인지 서글프고 분이 끓어올
랐다.

준섭은 봉자를 봉자로 불러야 할지 명서 엄마로 불러야 할
지 헷갈렸다. 옷 벗기고 잠자리에서는 말이 필요 없었다. 자
신은 급했고 억눌렸던 욕구가 분출하는 데는 봉자의 탕탕한
육체면 충분했다. 한 번도 뭐라 이름 지어 불러 본 적이 없었
다. 이제 다시 쳐들어오듯이 와서 한 식구로 부대끼는 봉자
는 어쨌든 명서 어미다. 그런데 희서 동생으로 호적에 오른
명서는 자신과 이순의 아들이 돼 있다.

봉자는 아무렇지도 않게 밥상 봐서 안방에 들고 와서 저녁
드시라고 말하고 나갔다. 몇 번 그렇게 하다가 밥사발 하나
를 더 놔서 들고 와서 한 상에서 밥을 먹었다. 이순은 봉자의
당찬 행동에 한 대 얻어맞은 것 같았다. 이집 식모가 아니라
아들 낳은 여자라고 말하고 있는 것을 모를 리 없다. 이순은
가슴 없이 살아갈 날이 펼쳐지는 걸 보았다.

준섭은 봉자가 고향으로 가 주기만을 바랐다. 돈을 더 달라고 하면 줄 생각이었다. 한편 어차피 자신의 욕구의 상대로 자식까지 난 사이니 그냥 같이 사는 것도 괜찮다는 생각이 머릿속에서 자라고 있었다. 색싯집 다니는 더러운 짓은 할 수 없었다. 누워있는 이순을 사랑하지만 이건 다른 거 같았다. 안쓰럽고 애달픈 그 심정을 모르지 않지만 자신으로선 할 수 있는 것보다 더 이순을 살리기 위해 있는 힘을 다하고 있지 않나. 이런 자신의 마음과 동시에 30대 초반의 젊은 남자 준섭을 이순이 이해해 주면 좋겠다.

명서의 돌잔치를 끝내고 이웃에 돌떡을 돌리고 난 후 준섭은 봉자에게 물었다

"명서 돌잔치도 끝났고 넌 언제 돌아갈 거니?"

"애기를 좀 더 키우고 형님 다리도 걸을 수 있게 되면 갈게요. 내가 이집에 필요하잖아요."

봉자는 속셈을 숨기지 않았다. 준섭으로서도 별수가 없었다.

"꼭 가라고 하면 명서 데리고 가서 키울게요."

한걸음 더 나가 명서를 내세웠다. 명서를 데리고 가겠다는 봉자의 말에 준섭은 그 생각을 한 번도 해보지 않은 자신에 스스로 놀랐다.

이순은 말이 없었다. 수많은 말을 뱉고 싶었지만 병들어 있는 자신이 이 집안에서 하는 일은 준섭이 가져다주는 돈을 세어 묶는 일이 전부였다. 깊은 잠을 못 이루는 이순은 서쪽 창문에 차갑게 떠 있는 달을 보고 온갖 생각을 다 했다.

나뭇잎 떨군 참죽나무 사이 오늘 달은 하현달이다. 반쯤 일그러진 모양이 내일은 얼마나 더 일그러질까. 언제쯤 달은 사라지고 깜깜한 하늘이 아무것도 안 보이는 창문을 만들까. 내 다리는, 아내인 나는 언제 온전히 제 노릇을 할 수 있을까. 옆자리에 잠들어 있는 준섭도 가여웠다. 밤 두세 시는 됐을 텐데 이순은 지곡리로 오장동으로 행복했던 그 시절로 가고 있었다. 잊히지 않는 그러나 붙잡을 수 없는 절절한 그리움에 눈물을 흘렸다.

밤새 보채고 자지 않는 명서를 달래는 봉자의 목소리가 날카로웠다. 명서의 기침소리도 들렸다. 자다가 깬 준섭은 눈을 감고 그 소리를 듣고 있었다. 이순도 그 소리를 듣고 있었다.

준섭은 샘물 길러 가려고 새벽에 눈을 떴다. 안방 문을 열자 밤사이 내린 눈이 봉당까지 차올라 있었다. 댑싸리 빗자루로 쓸기엔 많은 눈이었다. 광에서 삽과 넉가래를 꺼내서 앞마당 눈을 치우고 사랑채 마당을 쓸려는데 영섭이 방문을 열고 나왔다.

"형 일찍 일어났네요. 눈이 이렇게 많이 내리는 줄도 모르고 잠을 잤네. 밤에 간난쟁이 영서가 보채서 늦게 잠들어서. 형 이쪽 마당은 내가 치울게."

"너 출근 준비해라. 눈 내려서 출근길이 어려울걸."

준섭이 영섭에게 사랑채 마당 쓰는 걸 맡기고 넉가래를 들고 대문 바깥으로 나오니 정옥 아버지가 눈을 쓸고 있었다.

"눈이 많이 내려서 그 넉가래가 안성맞춤이겠네. 희서 아버지, 오랜만입니다. 장사 잘되시죠? 엊그제 아들내미 돌떡 잘 먹었어요. 아들 생기니 든든하죠?"

준섭보다 열 살 정도 위인 정옥 아버지는 반 하대하면서 은근히 동지의식을 내비쳤다.

"네네. 회사 잘되시죠?"

"남자는 아들이 있어야지, 기집애들 다 소용없어요. 마누라 둘이면 어때. 가장이 하고 싶은 대로 하는 거지. 입에 들어가는 음식 누가 돈 벌어 오는데. 잔소리가 많으면 그냥 무시해 버려. 희서 딸 하나 있을 때 하고 기분이 다르죠? 힘이 나지. 든든하지."

한편으로 모아 논 눈을 좁은 도랑으로 밀어 넣으며 정옥 아버지는 오랜만에 만나는 반가운 동지로 준섭을 대접했다. 마누라 둘 데리고 사는 남자가 떳떳한 이유를 설파했다.

준섭은 여자가 하나 더 필요해서 봉자를 얻은 것이 아니었는데, 아들 낳으려고 어쩔 수 없는 선택일 뿐이었지만 정옥 아버지 말에 토를 달거나 설명하기도 힘들었다. 다만 속으로 당신하고는 달라 했지만 뭐가 다른가 생각하기 시작했다. 결혼할 때 아들 못 낳으면 딴 여자 얻어 아들 낳을 거라고 이순에게 얘기했었나.

"자, 난 출근이 바빠서 들어갈게. 다음에 막걸리 한잔 합시다."

정옥 아버지는 하고 싶은 말을 하고 빗자루를 털면서 집으로 들어갔다. 정옥 아버지가 들어간 그 대문을 바라보며 준섭은 왠지 억울한 생각이 들었다.

희서의 머리를 땋아주던 이순이 들어온 준섭을 쳐다봤다.

"한참 걸렸네요. 눈이 많이 왔죠?"

"무척 많이 내렸네. 바깥마당까지 다 쓸었어. 저 나혜석 집 가는 골목 어귀까지. 정옥 아버지도 같이 치웠어. 요새 정옥 엄마 놀러 안 오시나?"

"한참 됐어요. 시끄러우니 챙피해서 안 오시는 거죠. 그 여자가 장보러 다니는가 봐요."

준섭은 그 말에 아무 대꾸를 못했다. 다시 온 봉자를 어떻게 하나. 생각은 얽히기만 했다.

눈 내린 다음 날은 푸근해져서 질퍽거리는 길이 빨랫감만 만들었다. 저녁에 흙 묻은 바지저고리를 벗어 논 준섭은 길이 엄청 질었다고 손님도 적었다고 옷을 벗으며 말했다.

"기왕에 입었던 옷 며칠 더 입고 빨라고 그냥 입었더니…… 양복바지 입을 걸 그랬나."

식모 옥분이를 내보낸 봉자가 으레 할 일이라는 듯 빨랫감을 휘몰아 가지고 나갔다. 솥에 더운물을 데워서 우물가에서 빨래를 하는 봉자는 봄날은 간다, 금순아 오빠가 있다, 여러 유행가를 신나게 부르며 빨래판에 방망이를 내려치면서 준섭의 옷을 빨고 양잿물을 넣어 삶기 시작했다. 오신숙이 사랑채에서 나와 한참을 쳐다봤지만 봉자의 신바람은 오신숙의 눈길을 눈치 채지 못했다.

"그냥 눌러 앉을 생각인가 봐요. 형님 어떡하죠. 아주버님이 별말씀 안 하세요?"

"자식 찾아왔다는데. 내 호적에 올린 게 무슨 소용이겠나. 배 아파 낳은 에미가 지 자식이라는데."

착 가라앉은 이순의 목소리가 오신숙의 가슴을 서늘하게

했다. 정옥 엄마가 가래떡을 쟁반에 받쳐 들고 왔다.

"희서 엄마, 가래떡을 미리 했어. 좀 꾸덕꾸덕해져야 떡국 떡 썰 수 있으니까 이 떡 화로에 구어서 먹어봐. 조청 좀 가져 왔어."

"어떻게 지내세요?"

"식모 하나 들였다고 생각하고……. 밤일도 대신 해주니 편하게 됐다고. 어쩌겠어요. 정옥 아버지 돈 벌어 오는 걸로 쌀 팔고 나뭇단 들이고 아이들 월사금 내니. 큰아들 나이 들 어 군대 가면 다 털고 충정도 고향으로 가려고. 밭일 하면 밥 이야 먹고 살겠지."

한탄에 스스로 위로를 섞어서 말했다.

"아들이 셋이나 있으니 참고 살면 정옥 아버지 정신 차릴 날이 오겠죠. 남자들 다 똑 같애요. 동서, 정옥네 연시 좀 드 려. 아이들하고 드시게."

"희서 엄마는 아들 때문에 시앗 본 거니 뭐라 말하기도 어 렵지?"

"호적에 내 자식으로 올렸으니 희서 동생이 됐죠."

기미가 내려앉은 정옥 엄마는 이순의 손을 잡고 말간 이순 의 얼굴을 보면서 눈물을 흘렸다. 서로의 설움이 같아서 말 하지 않아도 아는 아픔이었다.

막냇동생 영섭이 미국 이민 간다는 얘기가 금자는 궁금했다. 올케의 병이 걱정이고 시앗으로 들어온 봉자가 다시 왔다니 걱정이었다. 나무 한 단을 들고 쌀 한 말을 이고 30리 길을 걸어서 준섭의 집을 찾았다.

"형님, 이 추위에 어떻게 오셨어요."

"한번 온다, 온다 하면서 자식들 밥해 멕이고 소, 돼지, 닭 다 걸러서 여태 못 왔지. 좀 나아지기는 하는겨?"

"그만그만해요. 더 심해지지 않으니까 세월 가면 낫겠죠. 걱정 마세요."

"걱정을 왜 안 해. 아버지, 준섭이 다 거둬야 되는데."

봉자가 문을 열고 빼꼼히 얼굴을 디밀었다

"들어와. 자네 애 놓고 돈 받아 갔으면 끝이지 어쩌자고 왔어. 가정에 분란 일으키려고? 받아 간 돈은 다 어쨌어. 돈이 필요해서 왔어? 큰돈 받아 갔으면 이쪽으로는 눈길도 주지 말았어야지. 안 그래?"

좀처럼 무안을 타지 않는 봉자의 얼굴이 붉어졌다.

"명서가 보고 싶어서 왔어요."

"애초에 자식 낳아주고 돈 받는다고 약속할 때 그런 생각 못했어? 부족한 인간 같으니."

한바탕 바람은 먼지만 일으켰지 먼지가 가라앉은 집안은

달라질 게 없었다. 이순이 하고 싶은 말을 시누이 금자가 다 했다 해서 시원하지도 않았다. 그래서 시원할 일이 아니었다.

금자는 아들 낳은 봉자를 내치기도 어렵고 살기 어려워 다시 온 봉자를 내친다고 무슨 수가 있지도 않다는 걸 안다. 속상할 이순을 달래주는 방법으로 시누이 노릇을 한번 해 봤다. 이순은 미동도 하지 않았다.

"형님 저녁 드시고 가세요."

"아냐. 해 바뀌기 전 아버지 뵈러 가야지."

통과 의례를 거친 듯 봉자는 머쓱할 뿐이었다.

"그리고 자네, 시아버님 혼자되시고 자네 큰동서 이렇게 해가 바뀌어도 누워 있는데 자네 식구만 달랑 바다 건너 미국으로 간다는 게 어느 나라 법도야. 갔다가도 다시 와야 하는 판인데."

불똥은 오신숙에게로 향했다.

"정서 아버지가 하도 우기는 거 제가 감당이 안 돼서요. 가서 좋은 약 구해서 보내 드릴게요."

오신숙은 어지러운 다툼에 잠시 비껴 있어도 마음은 거북했는데 시누이가 미국 이민을 트집 잡자 자기가 한 번 결혼했다는 걸 알면 어떻게 나올지 알 것 같았다. 어머니 일찍 돌아가서서 영섭을 업어 키웠다는 시누이 아닌가. 오신숙은 미국으로 이민 가기로 결정한 일은 탁월한 선택이라고 다시 한번 생각했다.

며칠 뒤에 조금 상기된 얼굴로 오신숙이 이순에게 들렀다.

"형님, 저희 여권이 나왔어요. 그래도 아직 비자라고, 미국에서 와도 좋다는 허가가 떨어져야 되니 아직 한참을 기다려야 돼요."

들뜬 오신숙과 다르게 이순은 끝도 없이 가라앉는 자신을 느꼈다.

"그렇군. 설은 쇠고 가겠지?"

"그럼요. 아직 멀었어요."

이순은 다가오는 시간이 느리게 오기를 바랐다.

"자네는 설 쇠면 몇이 되지?"

"형님도 참. 동갑이시잖아요. 제가 9월생 영서아버지가 10월생. 형님이 정월생."

"그렇군 동갑내기 세 사람이 한집에 살고 있네. 갓 서른이 되는 해네. 무슨 좋은 일이 있으려나."

"형님 다리 다 나으시고 희서 동생 보시고 저희는 미국 가서 형님 약 알아보고 아주버님은 장사 더 잘되시고 그렇게 될 거예요."

"그렇게 됐으면 오죽 좋겠나. 나 좀 일으켜 줘 봐. 등을 받혀 줘. 머리맡 창문을 열고 눈 구경하게."

삶은 빨래를 헹구어 널던 봉자는 미아리 눈물고개를 한창 열창 중이었다. 누가 보든 말든 상관없이 목청을 높여 노래를 뿜냈다. 마루 밑에 있던 고양이가 날렵하게 뛰어나와 부엌으로 들어갔다. 이순은 소리 없이 나르듯 뛰어다니는 고양이가 신기하고 부러웠다.

"새끼 낳나 봐요."

오신숙이 마루 밑을 들여다봤다. 이순은 부은 다리를 작대기처럼 뻗고 앉아 있는 것도 힘에 부쳤다. 이런 다리로 부엌까지 갈 수 있을까. 부엌에는 작은 무쇠 솥, 큰 무쇠 솥, 물 항아리, 찬장에 사발 대접 종지…… 다 그리운 살림살이가 있다. 어머니 최 씨는 분꽃이 피는 저녁 5시 무렵이면 저녁밥을 준비해야 된다고 말했다. 언제쯤 저 부엌에서 솥에 쌀을 안치고 손등으로 물을 봐서 솥뚜껑을 차르 소리 죽여 닫고 불을 때 보나. 그립고 그리웠다. 양쪽 팔을 뒤로 해 썰매 타듯이 다리를 밀고 마루로 나갔다가 안방으로 다시 들어갔다.

횃대보가 맞은 편 벽면을 덮고 있다. 수틀에 끼워 한 땀 한 땀 십자수를 놓아 행복한 결혼을 기원했던 처녀시절이 그리웠다. 수놓아진 새들도 꽃들도 다 살아 움직이는 듯했다. 꽃은 꽃잎을 천천히 벌려 꽃술을 보여줬고 새들의 날개에서는 봄바람이 불어왔다. 횃대보 안에서의 세상은 행복을 만드는 일들로 가득했다. 고개를 들고 따듯한 시선을 보냈다. 수놓다 바늘에 찔려 피 한 방울이 묻었던 흠은 흠이 되어 있었다. 이순의 입술은 마른 꽃잎처럼 까칠하게 말려 있었다. 새로운 날은 낡지 않아서 새로운 것이 아니라 위험한 시간들이라 새로울지도 모른다.

　오신숙이 노란 블라우스에 검정 치마를 입고 안방 문을 열고 들어온 날은 왕진 의사가 다녀간 날이었다.

　"의사가 뭐라세요?"

　"마냥 같은 소리, 곧 좋은 주사가 나온다고. 소독해 주고 누워만 있으니 소화가 어렵다구 약 주고 갔어."

　"좋은 약이 빨리 나올 거예요. 형님. 비자가 나왔어요. 미국 가는 허가증이요. 헨리 대위가 보증인이 돼서 빨리 나왔대요."

　기쁨을 감추려는 오신숙의 얼굴이 봄꽃처럼 환했다.

　"지난번 설에 해주신 아이들 한복이랑 제 치마저고리 잘 싸서 미국 가져갈게요. 미국에서 파티라고 모임 있을 때 입을 거예요. 다 형님 덕분이에요. 저희만 편하려고 가는 것 같아서 죄송해요"

"괜찮아. 같이 아플 수도 없고 같이 아플 필요도 없지. 한 집이라도 잘돼야지. 서방님이 똑똑하시니 잘 받들어 모시고 살아."

오신숙은 자기의 과거를 아는 이순이 그 이후 한 번도 과거를 말하지 않아서 고맙기도 하고 두렵기도 했다. 그날 저녁 영섭이 준섭에게 비자가 나와서 한 달 후면 떠나게 됐다고 말했다.

"잘됐다. 가기로 했으면 빨리 가는 게 좋지. 이것저것 살피다 다 된 밥에 코 빠트린다고. 너희들 가면 사랑채는 세를 놓나 명서 엄마 쓰라고 하나 생각해 봐야겠구나."

밤에 보채는 명서의 기침소리에 봉자의 타박이 큰소리로 터져 나왔다.

"이 자식아 잠 좀 자라."

볼기짝을 때리는지 아이는 더 큰소리로 울었다. 자다가 깬 준섭이 일어나 문을 열고 건넛방으로 갔다.

그믐이 됐는지 서쪽 창문이 까맣게 닫혀 있는 걸 이순은 보고 있었다. 준섭이 자던 자리는 온기가 사라지고 스산스레

빈 이불이 덮여 있었다. 아이의 울음소리는 잦아들었다. 그래도 안방 문은 열리지 않았다. 이순은 설핏 잠이 들었다. 이제껏 흔들리지 않았던 가슴은 도끼질을 당하는 장작처럼 고통에 전율했다.

한여름 다투어 피었던 꽃들이 시들어 말라가고 이파리들은 색이 바래고 있었다. 그중 어느 꽃 한 송이가 새삼스러운 외마디처럼 피어 있었다. 오뉴월에 피는 양귀비였다. 계절 지나서 핀 꽃이 처연하게 아름다웠다. 쳐다보는 이 없어도 혼자 웃을 수 있는 저 꽃처럼 아름답고 싶었다. 덧없는 사랑에 기대어 그믐밤을 밝히는 시간은 오늘로 충분했다. 슬픔이란 무엇인가. 슬픔의 도가니에 갇혀 허우적거리는 이 모습은 스물아홉 이순의 모습일 수는 없었다. 슬픔이 흘러간다. 슬픔이 소리 내지 않고 흘러간다.

내 뱃속 탯줄을 끊어 낳은 자식인 양 호호 불며 몇 달을 키웠어도 그 밥상은 내 밥상이 아니었다. 품에 안고 자장가를 토닥거렸어도 그건 빌려온 위안이었다. 차용한 모성 흉내였다. 차라리 아무 연고도 없는 문 앞의 업둥이라면 이 마음 같지는 않을 것이다.

누가 속인 것도 아닌데 속은 것 같은 불쾌감이 떫은 감을 베어 문 것 같이 텁텁했다. 아무리 입속을 헹구어 내도 떫은

맛은 앙금처럼 남았다. 준섭의 씨였기에 더욱 묘한 배신감과 불쾌가 이순을 떠나지 않았다. 내가 낳은 자식이라도 내 마음 같지 않은데 명서를 낳은 봉자가 있지 않은가. 내 속으로 난 자식 희서는 딸이라고 뒤로 돌리고 제사 지내줄 아들이라고 명서에게 쏟은 몇 달간의 정성이 억울했다.

돈으로 산 아이. 돈으로 보쌈 해온 아이. 그것도 내 돈 아니고 준섭의 돈으로. 그런데 왜 그게 내 자식이라고 철석같이 믿었던 것일까. 얼음물 목욕을 한 후처럼 깨어났다. 어떤 매혹도 없는 시간들이 빠르게 흘렀다.

기침으로 보채는 명서를 달래려고 건너온 방이었다. 명서가 잠들자 봉자는 준섭에게 엎어졌다. 물장수가 주었던 만족이 그리웠다. 준섭은 억눌렀던 욕망이 봉자를 만나 체득된 습관으로 작동됐다. 이순보다 본능적 모성이 있는 봉자가 명서 어미 노릇을 잘할 거라는 생각도 들었다. 편해지고 싶었다. 부엌 쪽에서 달그락거리는 소리가 들리는 듯했다.

"도둑고양인가 봐요."

봉자의 목소리는 멀어졌다. 쾌락이 몰고 온 혼곤한 잠 속으로 준섭은 빠르게 빠져 버렸다.

깊이 잠들어 있는 희서는 아무 기색이 없다. 그 곤한 얼굴을 눈에 담았다. 그 얼굴에 잃어버린 첫아들이 겹쳐 보였다. 이순은 아무 말도 하지 않았다. 그녀는 고통스런 시간들을 쪼개고 있었다. 그 조각들을 날려 버리고 있었다. 아무것도 남아있는 게 없을 때까지 훌훌 털었다. 하지만 살갗에 박힌 손톱만 한 조각 하나는 떼어지지 않았다. 살아버린 세월 속에 사금파리 조각 하나가 남아 있었다.

이순은 기어서 부엌으로 갔다. 도둑맞은 사랑을 찾으러 부엌 뒷문을 열었다. 참죽나무 아래 빙초산 항아리에서 피어오르는 연무를 보았다. 안개처럼 보이는 그 안으로 들어갔다. 해무 같은 연무 한 바가지 퍼서 마셨다. 그렇게 아팠던 다리는 없어졌다. 솜털보다 가벼웠다.

배웅도 못한 채 가버린 첫아들이 마중 나오는 거리를 향해서 걸어갔다. 약속이 없는 곳으로 혼자 걸어가는 두려움이 오히려 든든했다. 무거운 두려움은 발을 헛디딜 때 어깨를 눌러 줄 것이다. 오랜만에 설레었다. 지곡리 개울가 밤나무 숲 뽕나무 밭 바람은 부드러웠다. 밤꽃을 흔들어 내음을 번지게 할 만큼. 그 내음 속에 혼절할 만큼 바람이 불었다. 이순은 가볍게 걸었다. 볼을 덧댄 버선코가 오뚝했다.

기어서 방으로 와서 하얀 요 위에 쓰러졌다. 하얀 누에고치 속으로 기어 들어갔다. 기어 나왔던 작디작은 구멍이 보였다. 작은 구멍 속 하얀 빛이 보였다. 빛을 향해서 웅크렸던 몸을 폈다. 안온한 굴속으로 본래대로 들어갔다. 청정한 원래로 돌아갔다.

입은 다물어지지 않았다. 벌려진 입으로 걸쭉한 보랏빛 액체가 꾸역꾸역 미어져 나왔다. 이순의 뺨과 턱, 목덜미를 타고 보랏빛 물은 천천히 흘러내렸다. 진보라색 가지꽃이 이순의 얼굴에 아름답게 그려졌다.

- 終 -

1판 1쇄 발행 2021년 7월 30일

지은이   박찬숙

발행인   김성룡
교정   김은희
표지   전유엽
디자인   김민정

펴낸곳   푸른쉼표
주소   서울시 마포구 월드컵북로 4길 77, 3층 (동교동, ANT빌딩)
구입문의 02-858-2217
팩스   02-858-2219